中国传统民俗
ZHONGGUO CHUANTONG MINSU

马芳/肖丽 编著

民间节庆灯谜

ZHONGGUO CHUANTONG MINSU

Minjian
Jieqing Dengmi

湖南美术出版社

图书在版编目（CIP）数据

民间节庆灯谜 / 马芳，肖丽编著.—长沙：湖南美术出版社，2014.10（2022.8重印）
（中国传统民俗）
ISBN 978-7-5356-5128-0

Ⅰ.①民… Ⅱ.①马… ②肖… Ⅲ.①灯谜-介绍-中国 Ⅳ.①I207.7

中国版本图书馆CIP数据核字（2012）第014111号

中国传统民俗
民间节庆灯谜

出 版 人：黄　啸
策　　划：左汉中　吴海恩
编　　著：马　芳　肖　丽
责任编辑：吴海恩
装帧设计：谢颖设计工作室
出版发行：湖南美术出版社
　　　　　（长沙市东二环一段622号）
经　　销：湖南省新华书店
印　　刷：永清县晔盛亚胶印有限公司
　　　　　（河北省廊坊市永清县工业园区榕花路3号）
开　　本：710 mm×1000 mm　1/16
印　　张：6
版　　次：2014年10月第1版
印　　次：2022年8月第9次印刷
书　　号：ISBN 978-7-5356-5128-0
定　　价：29.80元

邮购联系：0731-84787105　邮 编：410016
网　　址：http://www.arts-press.com/
电子邮箱：market@arts-press.com
如有倒装、破损、少页等印装质量问题，请与印刷厂联系调换。
联系电话：0316-6658662

目 录

代 序

儿时的回忆 美好的情境

左汉中

人类进入21世纪以来，工业的高度发达和科技的飞速进展昭示着信息时代的到来，人们在享受着优裕的物质文明的同时，生活环境也发生了天翻地覆的变化。此时，不难发现，我们身边的人群已经开始对车水马龙的喧嚣和灯红酒绿的繁华产生了疲惫和厌倦。人们向往回归自然与质朴，安谧与恬淡。儿时的回忆，乡土的怀恋，成为最美好的情境和期盼。

稍微年长一些的朋友，一定都会对自己童年的故乡记忆犹深。每逢传统节庆，特别是端午、中秋、元旦和春节，乡村城镇的民众都会自发地组织一些民间乡俗活动——红红火火、热闹非凡的舞龙舞狮走街穿巷，龙腾狮舞，常常会闹翻一条街，震撼一座城；入夜后的花灯如天上的街市，群星闪烁，异彩纷呈、溢彩流光；寓谐藏趣的灯谜吸引着老人、少女和孩童，时而难解，时而迷惑，时而顿悟，时而开怀；大红剪纸透过窗户传达阳光和喜悦，讲述着古老的传说和幸福的今天……多姿多彩的民俗活动不仅丰富了人民的精神生活，点燃了劳苦大众的心灯；同时，也体现了造物者的勤劳、聪明与智慧，显示出劳动者的宽阔胸襟与坚实胆魄。

近些年来，随着中国民间文化遗产保护工程的全面展开，举国上下普遍开始重视自己老祖宗遗留下来的宝贵文化遗产，其中民间传统节日和与之相关的节庆活动也被列入保护的项目。全国各地城乡几乎同一时期内嗅到了传统节日的气息，乡镇街巷响起了节日的锣鼓；身着彩装的舞龙舞狮队伍在欢乐的人群中飞走龙蛇；灯节和灯谜会亦悄然兴起，乐于参与的人个个绽开了兴奋的笑靥。顷刻间，儿时的回忆，美好的乡恋，一幕幕重现于我们的生活中，恍若昨日，如同梦境……

于是，反映中国传统节日和节庆活动的文艺作品和文化读物应运而生，出现最多的当是像"中国节日"一类的书籍，图文并茂，很是夺人眼目，我社青年编辑吴海恩平时酷爱民族民间艺术品的收藏，一直琢磨着这方面的图书选题，《中国传统民俗》丛书的构思由此形成，她还约请了就职于长沙市群众艺术馆的两位美眉—马芳和肖丽提笔，开始了艰辛而又愉快的编撰工作。三位女士在不紧不慢中准备文稿、搜寻图片、翻阅档案，几个月的时光，《民间节庆灯谜》、《民间舞龙舞狮》、《民间喜庆剪纸》等三本书的纸样呈现于我的案头，无论从文字、图片到书籍的装帧设计，都能给人带来惊异和喜悦。

值得一提的是，上个世纪90年代，我社在传统民间美术图书的策划、编辑和出版方面，曾一度在全国率人之先，堪称翘首。本世纪以来，国际性的非物质文化遗产保护工作的开展声浪日高，传统民间美术图书又从原先的低谷走向热门，而由于编辑人员断代等原因，我社在这一方面却未见大的动静，不少同仁对此抱以观望与期待。《中国传统民俗》丛书的问世，似有续上香火之感，让人看到了民间美术图书重新燃起的希望之光。

爱之愈深，盼之愈切。当我们认真捧读此书时，不免会发现它的不足，由于时间仓促和资料的不足，疏漏与单薄之虞在所难免，敬希读者诸君多加指正。可以说，这几本书的作者还很年轻，我们期待她们日后能够拿出更好的作品来，以报答我们的社会和读者。

2010年10月28日

于长沙城东雨花阁

话说

　　中国人的狂欢，带着华夏的含蓄和内敛，所以，狂欢多体现在节日里，而节日的狂欢，总伴着红艳的中国色彩。

　　凡喜庆时节，中国民间有张灯结彩的习俗。"正月里来正月正，正月十五闹花灯。"俗称"灯节"的元宵节，尤其是一个以灯为俗、借灯兴舞、流光溢彩的狂欢之节。元宵之夜，城乡处处花灯竞放，焰火满天，鼓铙沸作，歌舞骈阗，神州万民沉浸于灯山舞海的欢乐气氛中。中秋时节，民间也有称作"赛秋灯"的兴灯之俗，昔日一如上元春灯之会。此外，民间还有许多信仰祭祀、人生礼仪、生产活动相关的灯俗灯事。这一切都极大地促进了灯彩艺术的发展。

　　农历正月十五夜，是我国民间传统的元宵节，又称上元节、灯节。中国人把正月十五称为"元宵节"是颇有考究的，这里的"元"指的是农历正月十五即上元之日，这里的"宵"指的是夜晚，"元宵节"便被严格界定为农历正月十五夜间的节日了。元宵之夜，大街小巷张灯结彩，人们赏灯彩，猜灯谜，吃元宵，一切与灯有关的民俗文化娱乐活动也便成了它特定的节目内容，将从除夕开始延续的庆祝活动推向又一个高潮。

　　元宵赏灯始于东汉明帝时期，明帝提倡佛教，听说佛教有正月十五日僧人观佛舍利、点灯敬佛的做法，就命令这一天夜晚在皇宫和寺庙里点灯敬佛，令士族庶民都挂

清乾隆"五彩婴戏图"大罐(局部)"庆赏元宵"摹本

灯。以后这种佛教礼仪节日逐渐由宫廷到民间，由中原到全国，形成民间盛大的节日。

另一说是元宵燃灯的习俗起源于道教的"三元说"：正月十五为上元节，七月十五为中元节，十月十五为下元节，主管上、中、下三元的分别是天、地、人三官，其中天官喜乐，故上元节要燃灯。

元宵节的节期与习俗活动，是随历史的发展而延长、扩展的。就节期长短而言，汉代才一天，唐代为三天，宋代则长达五天，明代更是自初八点灯，一直到正月十七的夜里才落灯，整整十天张灯结彩，白昼为市，热闹非凡，夜间燃灯，蔚为壮观。至清代，元宵活动又增加了舞龙、舞狮、跑旱船、踩高跷、扭秧歌等内容，只是节期缩短为四到五天。

正月十五闹花灯打破了一切界限，体现了佛教禅宗人人平等、人人都有佛性的观点，这种取消一切束缚、打破一切界限的习俗，时至今日还余风不减，民间"正月十五没大小"的俗语和风习便是古风的余绪。

元宵节的由来，虽可远溯西汉时期，然而最为盛行时却要数唐代了。从《太平御览》中"正月十五日，汉家祀太乙，以昏时到明"的记载来看，元宵节是古代皇帝"正月十五燃灯祭祀道教太乙神"宗教礼法演变而来的节日，是佛教习俗和道教传统相结合的产物。正式为其命名并诏令每年此日举国张灯庆贺的，是汉文帝刘恒，到汉武帝时，元宵节则被列为全国重大节日了，从此代代相袭至今。

清《北京民俗百图》中的"荷叶灯"与"蒿子灯"

隋唐时民间出现了盛大的灯市，到宋元时期，京都灯市常常绵延数十里。"天天打猪草，夜夜闹花灯。""东也是灯，西也是灯，南也是灯来北也是灯。"这是传统黄梅戏《夫妻观灯》里的唱词。

灯会在唐朝时出现了杂耍技艺，宋代开始有灯谜，明朝又增加了戏曲表演。灯市所用的彩灯，也演绎出"橘灯"、"绢灯"、"五彩羊皮灯"、"无骨麦秸灯"、"走马灯"、"孔明灯"等等。始于南宋的灯谜，生动活泼，饶有风趣。经过历代发展创造，至今仍在使用的谜格有粉底格、秋千格、卷帘格、白头格、徐妃格、求凰格等一百余种，大多有限定的格式和奇巧的要求，巧立名目，妙意横生。

元宵节还有吃元宵的习俗。此习俗始于宋朝，意在祝福全家团圆和睦，新年康乐幸福。元宵分实心和带馅两种，有香辣甜酸咸五味，可以煮、炒、油炸或蒸制。桂花酒酿元宵，以肉馅、豆沙、芝麻、桂

清乾隆五彩婴戏残罐上的"麒麟灯"

话说

┗ 节日灯彩

花、果仁制成的五味元宵以及用葱、芥、蒜、韭、姜制成的象征勤劳、长久、向上的五辛元宵都各有

特色。

"不夜城中陆地莲，小梅出破月初圆。新年第一佳时节，谁肯如翁闭户眠。"正月十五闹花灯因其一片光明的寓意和喜气洋洋的气氛而被称作良辰美景，无论男女老少都会成群结队徜徉灯市，去领略"楼台上下火照火，车马往来人看人"的狂欢。有灯谜让你竞猜，于赏灯中射虎添趣；有龙灯绕你狂舞，于翻飞中春心萌动；有灯展让你投票，于评选中尽展风流；有汤圆让你饱尝，于赛吃中捧腹狂欢……正是"正月十五闹花灯，街衢断煞夜归人"了。

如此良辰美景，当然会令古今文人墨客诗兴大发的，略翻诗史便可发现许多脍炙人口的名句就是元宵灯节的产物，诸如"东风夜放花千树"、"众里寻她千百度，蓦然回首，那人却在灯火阑珊处"、"一刻千金，欲买良宵无价"、"月上柳梢头，人约黄昏后"等等，俯拾皆是。若以出新而论，清

艺术灯会增添了节日的气氛

福娃灯

代单可惠的这首《张灯曲》当推上乘："上元张灯夺月彩，古时嫦娥应好在。手攀桂树看人间，春灯万点春如海。衣香人影何纷纷，车如流水马游龙。百戏鱼龙争变幻，千家楼阁高玲珑。"诗人的高明之处就在于他向世界昭示了这么一个感觉——要描写出当时中国正月十五闹花灯的盛况，非得登上月球居高俯瞰不可。现在，一度沉寂的元宵节已被列入中国首批非物质文化遗产名录，并重新焕发出勃勃生机和无限魅力来。

中国元宵节迎花灯的习俗至今已有两千多年的历史，全国各地的灯彩种类繁多，灯式不一，各有流行，并且历代花灯的制作都十分讲究。如明朝画家唐寅有诗云："有灯无月不娱人，有月无灯不算春。春到人间人似玉，灯烧月下月如银。满街珠翠游村女，沸地笙歌赛社神。不到芳尊开口笑，如何消得此良辰。"春节期间张灯结彩，是中华民族古老的风俗，尤其是元宵灯节，家家灯笼高悬，户户观灯赏灯，全国各地灯会争奇斗艳，灯山灯海，蔚为壮观，难怪诗人有"火树银花满街舞，箫鼓喧阗到天明"之咏。众多精巧玲珑的花灯，可分为两大类：一是千姿百态的动态表演性花灯，如狮子灯、龙灯、走马灯、鲤鱼灯、蚌壳灯等；二是琳琅满目的静态观赏性花灯，如苏灯、扬州瓜灯、佛山柚皮灯、宫灯、纱灯等，巧夺天工，美不胜收。

元宵节灯彩地方特色浓郁，各地独具特色的灯彩，诸如：北京的宫灯、上海的龙灯、广东的走马灯、浙江的硖石灯、哈尔滨的冰灯、四川的自贡灯等，都是蜚声古今、享誉灯坛的。彩灯样式更是五花八门、各显异彩，诸如：花卉灯、动物灯、人物灯、建筑灯等，多以篾制灯架，以彩纸糊裱、手工书画精绘而成，内点蜡烛成为光源。近几年随着科学技术的发展和人们自娱自乐意识的增强，已经推陈出新，增添了钢筋铁骨灯架、微型马达、微型电脑、新式电声光源入灯的现代化彩灯新品种了。如：

宫灯

龙灯

话说

能摇头摆尾、招手致意并用几国语言向观众问候的恐龙灯和能够展示火箭发射、飞天、回收整个过程的火箭灯，给元宵灯彩赋予了强烈的时代特色。如今的元宵灯彩不仅是民间灯彩艺人彩扎、糊裱、剪纸、编结、刺绣、雕刻等工艺与智慧的集中展现，它还是现代科技之光在灯彩上的折射。

【狮子灯】

一种表演性的狮子形花灯，狮子头造型生动，狮子皮制作讲究。玩狮子灯，一般要扎上80厘米的排灯2个，宫灯4个，显得气派。表演时，用灯笼领狮子，锣鼓点曲调和花鼓灯相似，可表演狮子各种戏耍技巧和高难度动作，有时两三只狮子争奇斗技，各不相让，令人观兴

走马灯

蚌壳灯

鲤鱼灯

大发。

【龙灯】

一种龙形花灯，以大而长、独树一帜为特征，除龙头逼真外，还把五彩缤纷的小彩灯成对配制在龙头、龙身、龙尾上，夜晚龙内龙外大小彩灯一齐点燃，十分壮观。现代龙灯又分双龙、摆龙、火龙等，其中的上海龙灯，仅一条单龙就有18节长，需三四十人操纵方能出场。

【走马灯】

多以彩纸制成方或圆的灯壳，

人物灯

将纸片剪成人马形，附敷于灯壳上的纸轮，垂置壳内，中燃烛，火焰上熏，纸轮就自行转动，人、马随之旋转影映于壳内。这种走马灯在冷热空气对流的物理作用下不停旋转，令人目眩神迷。

【花篮灯】

一种花篮造型的花灯，人们表演时一手拿花篮，一手拿彩扇表演的叫挂灯；人们用扁担挑一对大花篮的叫挑灯；人们用彩棍提着花篮表演的叫提灯；人们手举着灯托，花篮在灯托上转动的叫转灯。

【蚌壳灯】

根据成语故事"鹬蚌相争"创作而成的花灯，蚌壳姑娘美丽动人，渔翁风趣可爱，表演滑稽，逗人捧腹。

【鲤鱼灯】

一种如鲤鱼造型的花灯，人们表演时，采用波浪形式为基调，结合鱼在水中游的姿态，反映人们对自由生活的向往。著名的有吉安鲤鱼灯。

话说

制作宫灯

用香珠串成，八个面镶有香土塑成的八仙，上下置两个大香盘，燃点后，幽香阵阵，沁人心脾。

【闽南八结灯】

构思新颖，别具一格，它采用红绳打成回形八结，以象征吉祥，八结灯在八结中各嵌一精巧的小圆灯，称为团结灯，以示全国人民大团结。

【佛山柚皮灯】

广东佛山的柚皮灯是剥取柚瓣，在柚皮上镂刻图案，独具匠心，一旦点燃，烛光四溢，煞是好看。

【扬州瓜灯】

江苏扬州西瓜灯是将西瓜瓜瓤挖出后，在瓜皮上镂刻人物、花卉、虫、鱼等，燃灯于内，灯火亮处，碧绿澄澈，朴素雅洁，色如翡翠。

【宫灯】

是观赏性花灯主要品种之一。宫灯本是宫廷用品，以红木、花梨、紫檀等珍贵木料作框架，制成四角、六角、八角状，雕饰为菱

【苏灯】

江苏姑苏花灯，又称苏灯，是造型优美、色彩艳丽的观赏性花灯。多数以丝绸和竹、木、藤、兽角、麦秆为材料制成，透光性好，取材有神话故事、历史人物、瓜果动物，形式有脸谱灯、荷花灯、梅花灯、元宝灯等，是综合绘画、刺绣、编织、剪纸、泥人于一体的花灯造型艺术，在中国灯彩中久享盛誉。

【泉州香灯】

福建泉州香灯呈八角形，奇妙无比，它的垂帘、棱线、流苏全

角、鸡心、扇面等，图案多是民间故事，雍容华贵，技艺精湛。北京的红木宫灯就很有名。

【纱灯】

纱灯是用麻纱或葛麻织物作灯面制作而成，多为圆形或椭圆形。红纱灯亦称红庆灯，遍体大红色，在灯体上贴有金色的穗边和流苏。影纱灯则以各色麻纱蒙制，上面多绘花鸟虫鱼、山水楼阁等图案，也配以金色云纹装饰和各色流苏，光

让人眼花缭乱的各式宫灯

话说

彩夺目。

【福州花灯】

福州花灯有着悠久的历史。早在唐代，福州就成为全国盛行花灯活动的十大城市之一。每当元宵之际，民间制灯、买灯、赏灯、送灯尤为活跃。南宋时，在杭州举行的全国灯赛中，福州、苏州花灯被评为上品，蜚声海内。周密在《武林旧事》一书中记载，福州进贡京城的花灯，"纯用白玉、晃耀夺目，如清冰玉壶，爽彻心目"。据分析，当时制灯用的"白玉"，实际上是由寿山石切薄后磨制而成。

【自贡花灯】

四川花灯数自贡的花灯名气大，自贡灯会堪称历史悠久。南宋时大诗人陆游任荣州（今四川省自贡市荣县）县令时就留下"一别秦楼，转眼新春，又近放灯"的诗句。最初自贡地区的各种灯节活动，一般是由各类祠庙主办的。每逢节气，这些祠庙便要点红灯，元宵节还要放鞭炮、燃烟火。善男信女纷纷到这些庙宇去捐菜油、看热闹，求神赐福驱邪。在清末时有资料统计，自贡地区的祠庙竟有1208处，其中有始建于唐代的荣县大佛禅寺，建于明朝的富顺县圣果寺、赖雅庙、灵应寺等。可见自贡民间的灯节活动分布面之广，风情之盛。传统工艺与现代科学技术的有机结合，是当代自贡灯会最为显著的艺术特色。它做到了形、色、声、光、动的统一，成为现代彩灯的代表。

节庆时的灯彩展览

人们购买花灯的火热场景

【秦淮花灯】

江苏秦淮灯火甲天下。秦淮河为流经南京城最长的一条河流，河畔的元宵灯会因当年明太祖定都南京时下令大闹花灯，与民同乐，共庆升平而兴盛不衰。明朝迁都后，灯节的官方色彩渐衰而民间色彩却愈发浓厚。秦淮河支流上的一座著名古石拱桥笪桥素为金陵灯业者聚居之地，每年灯彩的买卖十分兴旺，据说皇帝也曾微服来此赏灯。清人甘熙所著《白下琐言》曰：

"笪桥灯市由来已久，正月初鱼龙杂沓，有银花火树之观，然皆剪纸为之。若彩帛灯，则在评事街迤南一带。五光十色，尤为冠艳。"夫子庙灯市从笪桥、评事街迁徙而来又后来居上，每年元宵节前后，这里的灯品琳琅满目，有三星、八仙、聚宝盆、花篮、荷花、西瓜、狮子、鲤鱼、蛤蟆和兔子诸色花灯。大灯高过真人，小灯小过蜜蜂，均以简洁粗放、淳朴自然为其特色。

故事

故事

【元宵节的传说】

传说在很久以前，有一只神鸟因为迷路降落人间，却被不知情的猎人给射死了。天帝知道后震怒，就下令天兵于正月十五日到人间放火，把人类通通烧死。天帝的女儿心地善良，不忍心看百姓无辜受难，就冒着生命的危险，把这个消息告诉了人类。众人听说这个消息后，有如头上响了一个焦雷，吓得不知如何是好。大家思谋了很久，

才有个老人家想出个法子，他说："在正月十四、十五、十六日这三天，每户人家都在家里挂起红灯笼、点爆竹、放烟火，造成百姓都被烧死的假象，骗过天帝。"大家听了纷纷点头称是，便分头准备去了。到了正月十五这天晚上，天兵往下一看，发现人间一片红光，以为是大火燃烧的火焰，就禀告天帝不用下凡放火了。百姓就这样凭借智慧保住了生命及财产。

为了纪念这次的成功，从此以后每到正月十五，家家户户都悬挂灯笼、燃放烟火来纪念这个日子。

【平"诸吕之乱"与度元宵佳节】

汉高祖刘邦死后，吕后之子刘盈登基，史称汉惠帝。惠帝生性懦弱，优柔寡断，大权渐渐旁落吕

清·黄钺《车填灯市图》

清·杨柳青年画《正月十五闹元宵》

后之手。汉惠帝死后，吕后更是独揽朝政。刘汉宗室、朝中老臣深感愤慨，但是都因惧怕吕后的残害而敢怒不敢言。吕后病逝后，诸吕惶惶不安，于是在上将军吕禄家中秘密集合，共谋作乱之事，想彻底夺取刘氏江山。此事传至齐王刘襄耳中，为保刘氏江山，他决定起兵讨伐诸吕，于是与开国老臣周勃、陈平一起设计除掉了吕禄，"诸吕之乱"终于被彻底平定。平乱之后，众臣拥立刘邦的二儿子刘恒登基，

称汉文帝。文帝深感太平盛世来之不易，便把平息"诸吕之乱"的正月十五，定为与民同乐日，京城里家家张灯结彩，以示庆祝。从此，正月十五就逐渐演变成一个普天同庆的民间节日"元宵节"。

【莲花求子灯】

相传旧时有一麦姓男子，娶妻多年，却一直未能生育，其妻劝说丈夫娶妾氏，以继香火，麦姓男子坚决不允。光绪乙亥年正月初九，麦姓男子携妻来乐安圩闲游，在此

故事

闹元宵

买了一盏"观音送子莲花灯"，累了，便坐在一块石头上休息。意想不到是，回家后的第二年，其妻便诞下一子。此后，这对夫妇每年正月初九都到乐安圩一游，并再买一只莲花灯还愿。

此事一传十，十传百，结婚多年没有生育的妇女，竞相效仿，据说结果都颇为灵验，遂使乐安圩声名鹊起。精明的商家看到了商机，开始大量制作以莲花灯、求子灯为主的花灯在正月初九那天摆卖。不

少新婚妇女每逢此日都要去买一盏莲花灯，希望来年也生一个男丁。"正月初九行灯地"的风俗由此传袭下来，形成了百年传统的"花灯会"。《南海县志》载："花灯

会，每年农历正月初九，乐安圩一公里长的大街，挂满各式造型的纸质花灯，各地游客络绎不绝。"

【东方朔与元宵姑娘】

相传汉武帝有个宠臣名叫东方朔，他的个性既善良又风趣。如果宫里有谁得罪了汉武帝，都要靠东方朔来讲情。有一年冬天，下了几天大雪，汉武帝觉得有点无聊，东方朔就到御花园去给武帝折梅花。刚进园门，就发现有个宫女泪流满面地准备投井。东方朔慌忙上前搭救，并问明她要自杀的原因。

原来，这个宫女名叫元宵，家里还有双亲和一个妹妹。自从她进宫以后，就再没和家人见面。每年到了腊尽春来的时节，就比平常更加地思念家人。她想，既然不能在双亲跟前尽孝，还不如一死了之，于是就去投井。东方朔知道了她的遭遇，非常同情她，就向她保证，一定设法让她和家人团聚。

这一天，东方朔出宫后，便在长安街上摆了一个占卜摊，不少人都争着向他占卜求卦。不料，每个人所占所求，都是"正月十六火焚身"的签语。一时之间，长安城里人人恐慌。人们纷纷求问解灾的办法。东方朔就说："正月十三日傍晚，火神君会派一位'赤衣神女'下凡查访。你们若看到一个骑粉色银驴的红衣姑娘，她就是奉旨烧长安的使者，你们就马上跪地哀求。"果然到了那一天，长安城内的百姓见到了这么一个红衣姑娘，大家纷纷磕头求救。那姑娘便说："我确实是领旨来烧长安的，玉帝还要站在南天门上观看。既承乡亲父老求情，我把抄录的偈语给你们，可让当今天子想想办法。"说完，便扔下一张红帖，扬长而去。老百姓拿起

《东方朔》

红帖，赶紧送到皇宫去禀报皇上。汉武帝接过来一看，只见上面写着："长安在劫，火焚帝阙，十六天火，焰红宵夜。"

汉武帝一看大惊，连忙请来了足智多谋的东方朔。东方朔故意想了一想，说："听说火神君最爱吃汤圆，宫中的元宵不是经常给您做汤圆吗？十五晚上可让元宵做好汤圆，万岁焚香上供，并传令京都家家做汤圆，一齐敬奉火神君。再传

谕臣民一起在十六晚上挂灯，满城点鞭炮、放烟火，好像满城大火，这样就可以瞒过玉帝了。此外，通知城外百姓，十六晚上进城观灯，杂在人群中消灾解难。"武帝听后，十分高兴，就传旨照东方朔的办法去做。

到了正月十六日那天，长安城里张灯结彩，游人熙来攘往，热闹非常。元宵的父母和妹妹也进城观灯，当他们看到写有"元宵"字

学生们争相猜灯谜

学生们兴高采烈地拿着自己制作的彩灯

样的大宫灯时，惊喜地高喊："元宵！元宵！"元宵听到喊声，终于和父母、妹妹团聚了。如此热闹了一夜，长安城果然平安无事。汉武帝大喜，便下令以后每到正月十五都做汤圆供火神君，正月十六照样全城挂灯放烟火。因为元宵做的汤圆最好，人们就把汤圆叫元宵，这天叫做元宵节。

习俗

有关元宵习俗的记载，大致起于魏晋南北朝时期。其中较有系统的记载，首推宗懔的《荆楚岁时记》。宗懔在《荆楚岁时记》中记载当时有在正月十五夜迎紫姑的习俗。除了《荆楚岁时记》的记载外，魏晋南北朝的元宵习俗还散见于下列各书。较早的有杨泉的《物理论》："正月望夜占阴阳。"晋代陆翙《邺中记》："正月十五日，有登高之会。"《魏书·东魏孝静帝纪》"四年春正月禁十五日相偷戏"，这条记载说明了南北朝时民间于元宵夜相偷戏的盛行。《北齐书·尒朱文畅传》："自魏氏旧俗，以正月十五日夜为打竹簇之戏。有能中者，即时赏帛。"隋文帝统一天下后，政局暂时安定，社会逐渐繁荣，元宵节也成了一年一度狂欢庆祝的日子。《隋书·柳彧传》也记载了柳彧所见的元宵庆典。但是隋炀帝却一意追求浮华逸乐。大业六年元宵，隋炀帝召集民间艺人至洛阳城外举行盛大的百戏，以招待来朝的各族首长。唐朝的首都长安，实施宵禁。但是在元宵节前后三天，却取消宵禁的限制，以方便人民赏灯，称为"放夜"。在这难得的三夜内，上至王公贵族，下至贩夫走卒，无不出外赏灯，以至于长安城里车马塞路，人潮汹涌，热闹非凡。就连当时的皇帝也抵挡不住元宵夜的欢庆气氛。唐中宗就曾在元宵之夜偕皇后微服出行，巡幸诸大臣家。官方既无意反对，民间的庆祝活动也就日趋盛大。到了开元、天宝盛世，连皇帝都不惜巨资搭建灯轮、灯树、灯楼等新花样，各种新型花灯的设计更是巧夺天工，精美绝伦。

花灯，又名"彩灯"，是我国传统农业时代的文化产物，兼具生活功能与艺术特色。花灯起源自汉武帝在农历正月十五日于皇宫设坛祭祀当时天神中最尊贵的太乙神，由于彻夜举行，必须终夜点灯照明，此为元宵节点灯的开端；在佛教自印度传入中土后，道教神仙术与佛教燃灯礼佛的虔诚互相结合，每到正月十五夜，城乡灯火通明，士族庶民，一律挂灯，形成一个中西合璧的独特习俗。

唐朝社会升平，经济富庶，花灯更是大放异彩，盛极一时，活动规模相当浩大，观灯人潮万头攒动，从此花灯便成为元宵节的重要标志。唐代不仅在花灯的制作上推陈出新，灯下的歌舞百戏更是令人目不暇接。宫中所选出的歌女，头戴花冠，身穿霞帔。每一名歌女的服装就要花费三百贯，整个元宵庆典的豪奢也就不难想象了。同时，民间在元宵也盛行"牵钩"之戏，牵钩即拔河。

民间花灯表演

宋代元宵张灯的日子，自太祖乾德五年开始，增加为五天。皇帝们为了标榜"与民同乐",在元宵节的晚上登御楼与近臣饮宴,宋徽宗还曾赐酒给过往"仰观圣颜"的仕女。因为放灯时间的延长,商人莫不绞尽脑汁推出新型的花灯。宋朝的花灯制作,比唐朝更胜一筹。据《东京梦华录》记载,宋朝皇宫内的灯山,上面有采缯结成的文殊菩萨跨狮、普贤菩萨骑白象等装饰。菩萨的手臂可以摇动,手指出水五道。这都是工匠运用辘轳绞水所设计出来的特殊效果。皇帝既然喜欢赏灯,各地县官也投其所好,纷纷进奉各色特制的灯饰。如苏州的五色玻璃灯、福州的白玉灯、新安的无骨灯等,让人眼花缭乱。

北宋期间,猜灯谜活动的加入,使得元宵的节日习俗更加地丰富。灯谜就是将谜语贴在花灯上,让人一面赏灯,一面猜谜。由于谜底不易猜中,就像老虎不易被射中一样,所以灯谜也称"灯虎"。灯谜虽然不是什么伟大的文学作品,但在制作上,仍需运用巧思。

宋朝的元宵活动如此的丰富,

所以平日深居简出的妇女莫不趁此机会外出大饱眼福。元宵夜妇女的打扮还另有一番讲究。由于是月下出行,所以服饰为白色。头上插有各种珠翠环绕的饰物,名目众多,有所谓"闹蛾、玉梅、雪柳、菩提叶、灯球、销金合、貂蝉袖、项帕"等等(《武林旧事》载)。

清代元宵张灯减为五夜,但热闹的气氛并不为之冲淡。紫禁城在宫内设鳌山灯,而且总要预先在前一年的秋天就收养蟋蟀,点灯后放入灯中。一面赏灯一面听虫声,颇具巧思。而满族又从北方引进了冰灯,成了元宵节的另一特色。冰灯是北方特有的民间艺术,分为冷冻及冰雕两种方式。冷冻制法是将水倒入模具,送到室外冻成一定厚度即可。冰雕则适用于大型的冰灯。先将冰块砌成想要的形状,再用斧、锯、铲等工具精细雕琢成各种花鸟动物、建筑的式样,晶莹剔透,玲珑可爱。动物的灯戏则有花炮、烟火、龙灯。从各种花炮烟火的名称看来,清朝的花炮制作已有繁复的花样，有盒子花盆、烟火杆子、线穿牡丹、水浇莲、金盘落月、葡萄架、旗火、二踢脚、飞天十响、五鬼闹判儿、八角子、炮打襄阳城等众多花样，把夜空点缀得灿烂无比。蜿蜒的龙灯也是南北皆有的元宵产物。舞龙灯，照例得用两条龙。每条龙由九个人负责舞动，再加上一人操纵龙珠，演出双龙抢珠。两条龙偃仰翻转之时，观众的情绪也随之翻腾不已。

元宵节除了庆祝活动外，还有祈福性的活动，如"走百病"，又称"散百病"、"烤百病"，参与者多为妇女，她们结伴而行，或走墙边，或过桥，或过郊外，目的是驱病除灾。北京还有摸钉的活动，每到元宵节，妇女们会来到正阳门，摸一摸正阳门上的铜门钉。"钉"与"丁"同音，此项活动意在祈求新的一年家里人丁兴旺。

元宵节的应节食品，在南北朝时是浇上肉汁的米粥或豆粥，但这项食品主要用来祭祀，还谈不上是节日食品。到了唐朝郑望之的《膳夫录》才

清·无款《升平乐事图》（局部）"滚灯"、"独占鳌头灯"

清·无款《升平乐事图》（局部）"仙鹤灯"、"太平有象灯"

习俗

灯彩迎春

记载了："汴中节食，上元油锤。"油锤的制法，据《太平广记》引《卢氏杂说》中一则"尚食令"的记载，类似后代的炸元宵，也有人美其名为"油画明珠"。唐朝的元宵节食品是面蚕。制作面蚕的习俗到宋代仍有保留，但宋朝的应节食品远比唐朝要丰富。吕原明的《岁时杂记》就提到："京人以绿豆粉为科斗羹，煮糯为丸，糖为臛，谓之圆子盐豉。捻头杂肉煮汤，谓之盐豉汤，又如人日造蚕，皆上元节食也。"到南宋时，就

有所谓"乳糖圆子"的出现，这应该就是汤圆的前身了。至少到了明朝，人们就以"元宵"来称呼这种糯米团子。刘若愚的《酌中志》记载了元宵的做法："其制法，用糯米细面，内用核桃仁、白糖、玫瑰为馅，洒水滚成，如核桃大，即江南所称汤圆也。"清朝康熙年间，御膳房特制的"八宝元宵"，是名闻朝野的美味。

近千年来，元宵的制作日见精致。光就面皮而言，就有江米面、黏高粱面、黄米面和包谷面。馅料的内容更是甜咸荤素应有尽有。甜的有所谓桂花白糖、山楂白糖、什锦、豆沙、芝麻、花生等。咸的有猪油肉馅，可以作油炸炒元宵。素的有葱、芥、蒜、韭、姜组成的五辛元宵，表示勤劳、长久、向上的意思。元宵制作的方法也南北各异。北方的元宵多用箩滚手摇的方法，南方的汤圆则多用手心揉团。元宵可以大似核桃，也可以小似黄豆，煮食的方法有带汤、炒吃、油氽、蒸食等，不论有没有馅料，都同样的美味可口。目前，元宵

已成了一种四时皆备的点心小吃，随时都可以来一碗解馋。

花灯戏是元宵节的另一娱乐活动，是广泛流行于汉民族中的一种戏曲艺术形式。其突出特征是手不离扇、帕，载歌载舞，唱与做紧密结合。花灯戏源于民间花灯歌舞，是清末民初形成的一种地方戏曲形式。在流行过程中因受当地方言、民歌、习俗等影响而形成不同演唱和表演风格。

花灯戏由花灯歌舞发展而来，俗称灯夹戏、花戏等。最早记载花灯艺术的典籍是清康熙初的《平越直隶州志》，说“城市弱男童崽饰为女子装，群手提花篮灯，假为采茶女，以灯作茶筐，每至一处，辄绕庭而唱《十二月采茶之歌》”。这里记载的是遵义的玩灯习俗。而贵阳的玩灯习俗则见于康熙年间田雯编辑的《黔书》，其中无名氏的《春灯词》有“椎髻花铃唱采茶”、“串作花灯蹀躞行”句,写的是贵阳近郊“白纳、乌蒙”少数民族春节玩灯的情景，诗中“采茶”即《十二月采茶之歌》。

花灯舞蹈是云南花灯的重要组成部分，传统的花灯舞蹈也有只舞不唱的，如《狮舞》、《猴子弹棉花》等，有集体性的歌舞，如《连厢》、《拉花》等。花灯戏的行当，原来只有男女二人，后来才分为生、旦、丑三个行当，当花灯戏演出大中型的角色众多的剧目以后，才增加了其他行当。

卡通花灯永远是孩子们的最爱

花灯制作

花灯在人们心目中是太平盛世、喜庆吉祥和节日欢乐的象征。在锣鼓和爆竹声中，花灯把人带入了一个普天同庆的欢乐世界，它既增添节日喜庆的气氛，又作为建筑装饰，使人在欢乐的气氛中交流感情，抒发美好愿望。"正月里来正月正，正月十五闹花灯"的传统，从历史上讲源远流长，从地理上讲遍及南北城乡。元宵佳节，扎灯、观灯更成为民间千百年来的一种传统习俗。在祝寿、婚礼等一些场合也要用到灯彩。因此，作为一种群众性的民俗活动，在广袤的中华大地上，花灯自然是千姿百态，形形色色了。

传统的手工制作的花灯一般以竹木作为骨架，制作成各种不同造型，外面糊上各种颜色的彩纸，中间点灯。花灯最传统的手工制作方法，一般有以下主要步骤：

1. 材料和工具的准备：制作花灯要用到很多的钢棒和细铁丝，而这些金属丝大都是弯曲的，需要在使用前将它们拉直来。这样测量出的长度更准确，制作的造型更规范，一般是用拉丝机将铁丝拉直，将成卷的铁丝一端固定在拉丝机的钢缆上，另一端系在固定的铁桩上，当打开电动机时，铁丝随着电动机的转盘转动，被机械拉直。拉直了的铁丝可以根据制作花灯时设计的尺寸要求，裁成长短合适的线材。由于现在制作花灯都属于批量生产了，所以制作花灯的初步骨架的小木条已经在制作前组合成了一

手工扎花灯

花灯制作

└ 花灯艺人

个小方块架了。

2. 骨架的制作：用金属作为制作花灯的材料。它的好处是使得骨架结构牢固，不容易变形，但由于金属材料本身就非常的坚硬，所以很难用简单的手工操作来进行，必须通过机械来对材料进行加工。现在看到的这些工具也是民间手工艺人根据制作实践经验，自己制作的加工装置。制作时，将铁丝放置于两排固定的铁钉中间，转动右手边的铁板，这样就可以将铁丝线材弯成各种形状的铁丝构件。所需的构件完成后，就要将它们焊接起来，成为各种造型的花灯骨架了，对于比较简单的造型来说，用到的构件都是一些比较规则的图形，只要控制好每一部分的尺寸精度，制作出的同一批产品就可以一致，也可以实现流水线作业。但对于一些比较复杂的造型来说，铁丝构件就不是规则图形，并且各部分的弯曲度也不一样，要想成批制作流水线作业，就需要借助模型来完成，方法是：根据设计图案，制作出一个标准的骨架，用它作为模型批量复制其他骨架，将铁丝按照模型上铁丝的绕法，依次铺在模型上面，并在相应的接点处焊接起来。这样的方法就能套在模型外层，构造出一个一样的花灯骨架了。为了让复制的骨架和模型分离，等焊接处固定后，沿着模型主骨架依次将新焊接的模型上的铁丝剪开，然后将新做的骨架从旧的模型上取出来，最后把分离后的骨架焊接起来，这样就完成了花灯骨架的复制工作了。这种方法相对比较复杂，看起来比较麻烦，但它能够更好地保持花灯的形状，主要应用于比较复杂的花灯骨架的批量加工上。

3. 提线的安装：将组装好的骨架正立放置在桌面上，将两根提线两端分别系在橡胶圆圈下方，打结系牢，再将橡胶圆圈向下推动，将提线紧紧压住，然后根据长度需要在提线上端打上一个结，这样提起提线时，花灯就可以保持正立的姿态。

4. 糊制：在往小方块架上糊纸前要先将小方块架的四根小木条表面的涂料用小刀轻刮，这样能够使木条的表面变得更加粗糙，有利于上胶，对牢固地粘贴很有好处。刮完后将木条上的杂物去除，在木条上分别均匀地涂上糨糊，糨糊的使用也很有讲究，一般要用乳胶或淀粉手工制作的糨糊，而不用干得很快的强力胶水，乳胶或手工糨糊干得比较慢，正好适应手工制作的

花灯的时间要求，即花灯做成后，糨糊正好粘牢，这样在安装过程中不易损坏灯面纸。将要粘贴的纸裁好平铺于桌面上，摊平。用手将小方块架拿起并同时将涂抹有糨糊的一面扣向桌面上的纸上，稍微用力轻压小木架，让木架和彩纸能够很好地粘贴在一起。将小木架反转过来，使得粘贴有纸的一面朝上，用两个大拇指轻轻用力往外抹动木架，使木架上的纸和木条之间平整而无皱纹，这样纸和木条之间就能很好地粘贴在一起了。用剪刀将木架上多余的纸张剪去，注意在剪的时候不要在纸上留下凹凸不平的槽口，以免影响花灯的美观。用同样的方法将其他几个灯面糊好。

5. 往灯面纸上粘贴剪纸：根据花灯的尺寸大小选择大小合适的剪纸，找出剪纸的正反面，将剪纸的反面朝上，用大头针蘸取少量的乳胶轻轻涂抹于剪纸的几个点上，然后将剪纸粘贴于每个灯面的中央，这里要注意的是剪纸的上下位置不

能错，否则制作出来的花灯上的剪纸是倒立的。为了使剪纸能够紧密地粘贴在纸上可以在剪纸上铺一张白纸，用手轻按白纸，这样就能使剪纸很好地粘贴在彩纸上面了。完成之后还可以用嘴轻轻吹气，看剪纸的什么地方会飘起。若飘起，则这个地方粘贴不够牢固，可以在该地方再次涂抹胶水，胶水不要涂抹太多，否则剪纸容易在灯面纸上滑动。用同样的方法在其他几个灯面上粘贴适当的装饰剪纸。

6. 装饰：在基本的花灯做好后，要加上一些令花灯更添光彩的效果，如贴上流苏、绑上红绳等，这样令花灯有锦上添花的效果。有时在花灯的内部还需要粘贴不同主题的图案，粘贴完成后将表面剩余的面料剪去，由于剪的过程不可能很平整，所以为了使制作的花灯更加美观，可以在剪的地方或连接处表面粘上一层细彩条，粘贴时先在需要粘贴的地方表面均匀涂抹胶水，然后一手拿着彩条，另外一只

手的大拇指顺着涂抹胶水的部位轻压彩条，这样就能把彩条粘贴好。彩条不仅能很好地将不平整的地方掩盖，还能很好地起到装饰的作用。在粘贴完毕后为了美观还可以在花灯的表面粘贴彩穗，有时根据花灯的不同用途，还要贴上相应的艺术字来装点气氛。通过这些步骤之后花灯的制作就基本完成了，这样做出的花灯既有传统特色，又有所创新，还保持了传统花灯的观赏效果。

7. 放置蜡烛：所谓花灯，没有灯是不行的，传统手工制作的花灯里面放置的是蜡烛。将花灯倒立，取一个铁夹子从花灯的内部从下往上将夹子夹在花灯底部圆木棍中间位置，然后将一根长短粗细合适的蜡烛固定在夹子上，最后将花灯倒过来，这样花灯里放置蜡烛的工作就完成了。另外，如果花灯需要一根手持的木棍的话可以取一根小木棍，将提线的上端固定在木棍的一端即可。这样一个漂亮的花灯就制

作完成了，手工制作花灯操作简单，也不需要用到复杂的工具，成人和孩子都可以制作，这种小宫灯曾经在北京城非常流行，在节日的夜晚，点上灯，非常漂亮，既是很好的装饰品，又是孩子们喜欢的玩具。

花灯作为一种独特的中国民间艺术，不断发展创新，随着时代的变化，科技的发展，传统的东西多了一些新意，造型更加丰富多变，技艺更加精湛，充分体现出我国劳动人民的聪明才智。这些都是山西民间制作的花灯作品，它们既保留了传统的特色，又具鲜明的时代特征，它的制作方法也有很多改进，主要是它的骨架由木竹改用钢筋、铁丝，纸面料改用绸缎，这些改进使花灯的制作突破了传统花灯很多局限，可以制作得更大，使用寿命更长，造型可以更复杂，并且可以采用机械电子新技术，使花灯产品机械化和智能化，为花灯艺术开拓更宽阔的创作空间。

随着花灯艺人经验的积累，他们也开始将机械、电工知识应用到花灯的制作中，制作出适合各种展览和庆典活动的更大、更加活泼可爱，结构也更加复杂的花灯。

花灯，一种民间工艺，在聪明的艺人手里正得到不断地改进，规模越来越大，传统的艺术和现代科技结合起来，必然会使这一古老的中国手艺大放异彩！

中华灯谜

【灯谜的演变】

俗话说：正月十五闹元宵。一个"闹"字，道出了元宵节的欢腾、热烈，也道出了元宵节与其他节日的不同之处。元宵节"闹"的方式很多，有张灯、观灯、舞龙、舞狮、扭秧歌、踩高跷、跑旱船等等。

除此之外，我国民间还有元宵节"观灯猜谜"的习俗。民俗专家介绍说，猜灯谜，在我国有着悠久的历史。它来源于民间口谜，后来经过文人加工成了谜语。据记载，猜灯谜自南宋起开始流行，至今不衰。

灯谜，即写在彩灯上面的谜语，灯谜又名灯虎、文虎、猜灯谜，亦称射灯虎、打虎、弹壁灯、商灯、射、解、拆等，现在，人们都习惯用"灯谜"一称。

灯谜是我国独有的、富有民族风格的一种文学形式。灯谜的基础是谜语，而谜语来源于民间口谜，它的发展源远流长，早在夏代就出现了一种用暗示来描述某种事物的歌谣。

谜语古称"隐语"、"瘦辞"，"瘦"音受，就是"隐"的意思。今通常指民间谜语。中国著名古典文艺理论家刘勰在《文心雕龙·谐隐》中说："自魏代以来，颇非俳优，而君之嘲隐，化为谜语。谜也者，回互其辞，使昏迷也。或体目文字，或图象物品，纤巧以弄思，浅察以炫辞。义欲婉而正，辞欲隐而显。"他对谜语从理

时叫做"瘦辞",也叫"隐语"。秦汉以后,这种风气更加盛行,西汉曹娥碑后题有"黄绢幼妇外孙齑臼",射"绝妙好辞",即是"隐语"。

谜语悬之于灯,供人猜射,开始于南宋。《武林旧事·灯品》记载:"以绢灯剪写诗词,时寓讥笑,及画人物,藏头隐语,及旧京诨语,戏弄行人。"南宋时期的著名文学家鲍照作"井"、"龟"、"土"三个字谜,并以《字谜三首》收入他的诗集后,才有了"谜"字一称,谜语变成元宵节里的游戏方式。人们将谜条系于五彩缤纷的花灯之上供人猜,称为"灯谜"。

明清以后,灯谜逐渐发展成人们在年节,特别是元宵节不可缺少的文娱活动形式,于街头巷尾或其他场所,经常有猜灯谜活动。清代文学家还把猜谜活动写入小说中。

现代灯谜活动

论上作了高度的概括,对谜语发展的历史,谜语的定义及其特征都作了深刻的分析和精辟的阐述。

春秋战国时代,宫廷和墨客中出现了"隐语"、"文义谜语"等文字游戏,这可以说是最早的灯谜。那时一些游说之士出于利害考虑,在劝说君王时往往不把本意说出,而借用别的语言来暗示,使之得到启发。这种隐藏的话语,当

小说《红楼梦》里，就描绘了贾府猜谜的许多生动场面。

由于民间谜语通俗易懂，故大多数都适宜少年儿童猜射。因此，有时也把民间谜语称作儿童谜语。自古以来，谜语由于其谜体不同，所以不同朝代的称谓也有所变化。

谜语在春秋时叫言隐、隐语、瘦辞；在汉代叫射覆、离合、字谜；在唐代时叫反语、歇后；在五代叫覆射；在宋代时叫地谜、诗谜、戾谜、社谜、藏头、市语；在元代时叫独脚虎、谜韵；在明时叫反切、商谜、猜灯、弹壁、弹壁灯、灯谜、春灯谜；在清代时叫谜子、谜谜子、切口、缩脚韵、文虎、灯虎、春谜、灯谜等。

民间谜语与灯谜不同，灯谜属于文义谜，而民间谜语除了少量字谜外，都是以事物的特征来隐射的，因此，它属于事物谜。它主要着眼于事物的形体、性能、动作等特征，运用拟人、夸张、比喻等手法来描绘谜底，从而达到隐射的目的。但是到了近现代，民间谜语很多都用作灯谜，两者之间也就没有明显的界限了。

【灯谜的传说】

猜谜变成灯谜，还有个有趣的故事。

相传，很久以前有个姓胡的财主，人称"笑面虎"。他平日里嫌贫爱富，鱼肉乡里。村里有位叫王少的穷秀才，决定要斗斗这个"笑面虎"。有一年，元宵将临，各家各户都忙着做花灯，王少也乐呵呵地忙了一天。到了元宵灯节的晚上，王少打着一顶花灯上了街。只见这花灯扎得又大又亮，更为特别的是上面还题着一首诗。王少来到"笑面虎"门前，把花灯挑得高高的，引得好多人围看，"笑面虎"也忙挤到花灯前，见灯上题着四句诗：

头尖身细白如银，
论秤没有半毫分。
眼睛长到屁股上，
光认衣裳不认人。

"笑面虎"一看，气得乱叫："你胆敢来骂老爷!"说着就命家丁来抢花灯。王少忙挑起花灯，笑嘻嘻地说："老爷，咋见得是骂你呢?""笑面虎"气呼呼地说："你那灯上是咋写的?这不是骂我是骂谁?"王少仍笑嘻嘻地说："噢，老爷是犯了猜疑。我这四句诗是个谜，谜底就是'针'，你想想是不是?""笑面虎"气得干瞪眼，转身狼狈地溜走了。周围的人见了，都乐得哈哈大笑。这事传开后，越

传越远。第二年元宵，人们纷纷效仿，将谜语写在花灯上，供人猜射取乐，所以就叫"灯谜"。以后相沿成习，猜灯谜、打灯虎成了元宵佳节的重要民间活动内容。

灯谜虽属文艺小道，然上自天文，下至地理，经史辞赋，现代知识，包罗无遗，没有一定文化素养，不易猜射;而其奥妙巧思，足以抒怀遣兴，锻炼思维，启发性灵，是一种益智的娱乐活动。所以每逢元宵佳节，全国各地都会举行丰富多彩的灯

元宵灯会上，以龙船为题的灯品很常见，人们借灯彩祈愿风调雨顺，五谷丰登;祝祷鱼虾满载，风平浪静。

谜活动,一直传到现在。

灯谜是中国劳动人民智慧的结晶,是中华民族传统的一门综合性艺术。灯谜的出现,使猜谜发展成广泛的群众性文娱活动,受到广大人民欢迎,已成为我国独有的一种文艺形式和文娱活动项目。

【灯谜的组成】

灯谜一般由谜面、谜目和谜底三部分组成,有些灯谜还运用谜格广开谜路,通过设"格",使一些本来不能入谜的题材成为谜材,从而起到"格助谜活"的作用。如第一个教室(打一学校用语),谜底:先进班级(作"最先进入班级"解)。这里"第一个教室"是谜面,"学校用语"是谜目,"先进班级"是谜底。

1. 谜面。谜面是灯谜的主要部分,是猜谜时以隐语的形式表达描绘形象、性质、功能等特征,供人们猜射的说明文字。它是为了揭示谜底所给的条件或提供的线索,是灯谜艺术的表现部分,也可以说是

灯谜提出问题的部分,通常由精练而富于形象的诗词、警句、短语、字词等组成。谜面文字要求简洁明了,通俗易懂。还有一些灯谜的谜面不是文字,而是由图形、实物、符号、数字、字母、印章、影像、动作等组成。不论谜面采用哪种形式,都应该简洁明快,隐喻得当,富于巧思。

如灯谜的谜面:三市尺不是米(打一字),谜底是"来",因为三市尺是"一米","一"、"米"上下一合,是"来"字。又如凤头虎尾(打一字),谜底是"几"字,因为凤字"头"和"虎"字的"尾",正好都是"几"字。

2. 谜目。谜目是给谜底限定的范围,是联系谜面和谜底的"桥梁"。它的作用有点像路标,给人指明猜射的方向。如"猜字一",就是限定谜底只能是一个字,即使猜别的东西也能扣合谜面,也算没有猜中。标谜目时,应特别注意其范围。标的范围过

明·《明宪宗元宵行乐图》中的"竹马灯"

明·《明宪宗元宵行乐图》中的宫中灯市

明·《明宪宗元宵行乐图》中的持灯者摹本

大，猜射起来就难；标的范围太小，猜射起来就容易。

谜目附在谜面的后边，比如"打一字"，"打"是"猜"的意思，"打一字"就是"猜一字"。一般谜目规定的谜底是一个，也有的是两个或者几个。比如：客满（打字二）。谜目规定了谜底有两个。用会意法来猜，谜底就是"促"、"侈"。客满，表示人已经足够了，"人""足"合成"促"；也可以表示人已经非常多了，"人""多"合成"侈"。

3. 谜底。谜底是指谜面含蓄转折所指的、要人猜射的事物本身，是灯谜隐藏的内在部分，也可以说是谜面所提出问题的答案。谜底既要符合谜面的内在含义，又必须符合谜目所限定的范围，使人一见谜底就有"恍然大悟"之感。谜底字数一般很少，有的是一个字、一个词、一个词组，有的是一种事物的名称或者动作，最多也不过是一两句诗词。如果谜底字数较多，制谜者就不容易制出好谜，猜谜语者也不好猜中。有趣的是，有些灯谜的谜底和谜面互相调换以后，还能成谜。比如：泵（打成语一）。

"泵"字"石"在上，"水"在下，用会意法猜出谜底：水落石出。"水落石出"是个成语。反过来，用"水落石出"做谜面（打一字），它的谜底就是"泵"。

4.谜格。谜格，就是根据谜面去扣合谜底时，另外需要遵守的格律。它是使要猜谜的人，按照规定的格式，把谜底字的位置、读音、偏旁进行一番加工处理后，来扣合谜面。谜格的正式应用最初于明朝时期，文人墨客们为了丰富灯谜的内容和形式，增加猜谜的难度，开始在灯谜中采用各种谜格。而真正使各地各时期的名目众多的谜格得到比较统一的应用，应归功于明末扬州的马苍山，他撰写的《广陵十八格》把十八种常用的谜格作了详尽的定义，这十八种谜格为：卷帘格、秋千格、齐妃格、求凰格、梨花格、上楼格、下楼格、摘帽格、脱靴格、白头格、玉带格、粉底格、虾须格、蜂腰格、燕尾格、破锦格、蕉心格、亥豕格，这些谜格多数至今仍在应用。在《广陵十八格》的基础上，后人又创造了骊珠格、回文格、内附格等多种谜格。

谜格虽然丰富了灯谜的内容和形式，但也使灯谜的难度大大增加，限制了灯谜的通俗化、大众化，限制了灯谜这一文化活动的参与者的层次，所以说，除了在特别的范围里把谜格当做研究或提高灯谜水平时应用外，在一般场合还是不宜频繁地使用谜格来制谜。

猜法

【拆字法】

亦称字形分析法，或增损离合法。它和会意法一样，是灯谜猜制的两大法门之一。它利用汉字可以分析拆拼的特点，对谜面或谜底的文字形状、笔画、偏旁进行增损变化或离合归纳，使原来的字形发生变化。这类谜往往虚实结合，须仔细推敲斟酌，才能求出谜底。如"相许无言送秋波"（打一字），许"无言"则去"讠"留"午"相"送秋波"则去"目"留"木"，合在一起为"杵"字。

【离合法】

是灯谜最常用的猜制手法之一。汉字字形结构复杂，字中有字，可分可合，变化多端。离合法正是利用汉字这种可以分解离析、重新组合萌生新意的特点，来制作灯谜的。如"如今分别在断桥"（打《红楼梦》人物一），谜底是"娇杏"。别解作现今先将"如"字分离成"女"和"口"，分别放置在"断开的桥"即"木"和"乔"二字上，然后重新组合起来便成"娇杏"二字。从汉字的特点出发，用离（把字拆开），合（把字拼在一起）的方法作字谜，是从汉代发展起来的。这与汉代盛行图谶有关。刘勰说："离合之发，则明于图谶。"谶语就是借助于字的离合，用谜语的形式做政治预言。汉末民谣："千里草，何青青，十日卜，不得生！"这是一则暗隐"董卓当死"的谶语。其中"千里草"隐"董"，"十日卜"隐"卓"，用的就是折字离合法。

猜法

【增补法】

根据谜面或谜底带有增加意义的字眼所作的提示，用增补字或者偏旁、笔画的办法求得面底相互扣合。谜面运用增补法的，如"为中国多作一点贡献"（打字一）谜底是"蝈"字。这是将谜面别解成为"中国"二字多加"一"字和"、"（点），结合起来就得出谜底"蝈"字。本谜中表示增加意义的字眼是"为多作贡献"。增补法用于谜底的，如"反"（打四字常言），谜底是"吃现成饭"，这是将谜底别解为，如果在"反"字的偏旁出现一个"食"字，谜面就变成"饭"字。而"食"同义转换扣合"吃"。本谜中表示增加意义的字眼是"现"。

【减损法】

根据谜面或谜底带有减损意义的字眼所作的提示，从谜面或谜底中减去有关的字或偏旁、笔画，然后使面底相互扣合。谜面运用减损法的，如"明月当空人尽仰"（打一字），谜底为"昂"。"明"字因"月当空"（"空"别解作"空无"）而损去"月"只剩下"日"；后段"人尽仰"的"仰"字因"人尽"而损去"人"剩下"卬"："日"与"卬"重新组合成谜底"昂"。本谜中表示减损意义的字眼分别是"空"和"尽"，此时二字的词性都发生了变化。谜底运用减损法的，如"牛"（打邮政名词一），谜底为"收件人"。这是把谜底别解为，如果将"件"字的偏旁"亻"收掉的话，那么就剩下一个"牛"了，本谜中表示减损意义的字眼是"收"。

【半面法】

亦称"一半儿"谜。采用将谜面汉字各撷取一半部分的手法，而后拼成谜底，谜面大多数带有"半"字。如"柴扉半掩"打"棑"字，这是将"柴扉"二字掩去"此"和"户"，由剩下的"木"和"非"组合成"棑"。又如"半放红梅"打"繁"字，这是将"放红梅"三字各取一半而组成。制作半面法谜应注意择面自然浑成，不可硬凑。同时应注意合乎逻辑，不能模棱两可。例如以"半推半就"为谜面，它既可对"掠"又可射"扰"，犯了一谜多底的毛病，就不足取了。

【方位法】

按谜面文字笔画所指之东南西北、上下左右，内外边角等方位，将有关的字、偏旁或笔画作相应处置，缀为底。如"口才"（打机构简称二），谜底是"党中央，团中央"。这是将谜底别解成"口"在"党"字的中间，"才"字在"团"字的中间。又如"孔雀东南飞"（打字一），谜底是"孙"。面句原是一首著名古诗的题目，今将谜面别解为："孔"字之东部笔画"乚"和"雀"字的南部笔画"隹"都"飞"了，剩下"子"和"小"组合成"孙"。这种谜贵在谜面典雅，技巧自然，废弃和撷取部分无斧凿痕迹。

【残缺法】

是通过谜面文字残缺组合成谜

民间猜灯谜活动

猜法

底。残缺的部位随谜意而定，残缺笔画有多有少，或一笔，或半截，或残边，或残角，灵活运用。如"残花片片入画中"打"毕"字，这是残去花字的大部分取两个"匕"，画中扣"十"，结合成"毕"字。又如"身残心不残"打"息"字，这是将身字残去半截，与心字组合成"息"字。残缺法与半面法不同处在于：前者可以任意将字形破损残缺，后者则取汉字的自然结构一半或部分组合。

【通假法】

把谜面中的某个字，变今义作古义解释，亦称"古通"。这通假带别解成分，有些字还有异读成分。如以陆游《卜算子·咏梅》词"已是黄昏独自愁"为面打外国剧作家"莫里哀"。"莫"字含义今规范作"没有、无"，"不、不要"解，但古时又同"暮"通。运用通假法将谜底"莫里哀"别解成"暮时悲哀"，来与谜面相扣合。又如以"破晓过河"为面打三字词汇"透明度"。由于古时"度"与"渡"相通，故本谜底别

解作"透明渡"（应为"天色透亮时渡河"）以扣合题意。

【会意法】

亦称字义分析法，它和拆字法一样是灯谜猜制两大法门之一。它从谜面上的文字（包括字、词或句）可能具有的含义去领会、联想、推敲、探索谜底，使谜面谜底经过别解按某种特定的含义相吻合。这种含义对谜面来说，可以是通常明显的"本义"，也可能是不易觉察的需作别解的"隐义"。但是，对谜底整体来说，其含义应该不再是语文范畴内的"本义"，而是经过别解的"隐义"，在会意法猜射时，切不能用谜底本义去解释谜面。也就是说，运用会意法制谜时，务必注意不要犯"直解谜"的毛病。如"桃花潭水深千尺"（打一成语），谜底是"无与伦比"，此谜底是由原诗下句"不及汪伦送我情"得出。

【一谜多底】

同一个谜面和谜目，却有多个不同的谜底的现象叫做一谜多底。例如

"兴会无前"（打字一）这条谜，如果采用减损法来猜射，谜底是"公"字。这是将谜面别解成"兴会"二字没有（无）前面部分，剩下"八"和"厶"合成"公"字。但如果采用方位法来猜射，谜底却是"佥"字。这是将谜面别解成"兴会无"三字的前面部分（即丷、人、一），组合起来便拼成一个"佥"字。又如这样一条谜"人丁"（打成语二），如果采用减损法来猜射，谜底是"大打出手，一笔勾销"。解作"打"字出了手得"丁"，"大"字勾销了"一"得"人"，合起来便是谜面"人丁"。但如采用增补法来猜射，谜底却是"如出一口，大有可为"。解作：在谜面"人丁"上如出现"一口"二字，"一"与"人"合成"大"，"口"与"丁"成为"可"，即"人丁"变成了"大可"，从而与谜底相扣。由于灯谜猜制手法多种多样，也由于谜底范围相当广阔，出现一谜多底的现象是不足为奇的。关键在于要对这个问题正确对待。一方面在制谜时要反复推敲，多方审查，尽可能避免一谜多底；另一方面，如果别人猜的底同样扣合贴切，言之成理，那么也应该算猜对，因为这样才符合猜谜的客观情况，使人心服口服。

【旧谜新猜】

这里的"旧谜新猜"是指借民间谜语为面，去猜射灯谜之底的一种新颖别致的灯谜猜射方法。它是民间谜语与灯谜横向联系的产物，是两者有机结合而形成的综合体。旧谜新猜与灯谜重门格有点类似，它是先根据民间谜语的谜面揭出原来的谜底，再以这个谜底作为中介谜意，运用灯谜别解手法去猜射符合谜目要求的谜底。例如"一粒谷，撒满屋"（打摄影名词一），这则民间谜语原底是打一物"电灯"。如今可根据一盏电灯将整间屋子照亮之意境，进一步揭出谜底"室内光"，别解为"室内充满了电灯光"，从而与谜面相互呼应。又如"千条线，万条线，掉到河中就不见"（打我国城市名一），这则旧谜原底是打一自然现象"下雨"。如

猜法

今可以从"雨水"这个中介谜意进一步运用别解手法进行思索，便不难将灯谜之底"天水"揭出，谜底别解成"天上落下来的水"从而与谜面意境相吻合。再如"一间屋窄窄，内有五个客"（打三字俗语），这则旧谜原底是打一人类动作"穿鞋子"。如今却从谜面"五只脚趾穿入一只窄窄的鞋子里面"这样一种意境，运用别解手法，揭出谜底"穿小鞋"。应当指出，上述这种"旧谜新猜"与过去那类"旧谜新猜"是有本质区别的。以往所谓"旧谜新猜"，所使用的都是同一类民间谜语手法，即主要根据有关事物的特征、性质、用途等去会意出谜底，只不过是换另一个角度去猜射另一个谜底罢了。但它们同样属于民间谜语范畴。本书介绍之"旧谜新猜"，虽然也借用民间谜语作谜面，但却是运用了灯谜别解手法，从文义别解之角度去进行更深一层猜射；此外，它还严格规定谜底与谜面不能出现雷同的字眼，否则便是"犯面"，不能成立。所以它应当属于灯谜范畴。上述这种"旧谜新猜"形式是近年来首先由广西南宁市灯谜爱好者创造出来的。由于谜面借用的是妇孺皆知的民间谜语，猜射却使用灯谜别解手法，因而更显得情趣盎然，别有风味。实践证明，这是一种雅俗共赏的猜谜新形式，是灯谜创作上的一个创新和改革，深受群众欢迎。

【字字双谜】

《字字双》原是曲词牌，古今许多谜人用它做谜面或谜底，从而形成一种灯谜表现形式。如果用"字字双"做谜面，谜底要求每字笔画组成皆成双数。如：字字双（打国名一），谜底是"多哥"。又如：字字双（打已故作者一），谜底是"舒舍予"即老舍。"多哥"包含有两个"夕"和两个"可"，"舒舍予"由两个"舍"和两个"予"组成。如果用"字字双"谜做底，则要求谜面成文并能拆成双数的字。如：女子也好驰马（打词牌一），谜底是"字字双"。谜面有两个"女"字，两个"子"字，两个"也"字，两个

"马"字，皆成双数。又如：寻寻觅觅冷冷清清凄凄惨惨悲悲切切（打词牌一），谜底是"字字双"。谜面为宋代著名女诗人李清照词，全句皆由双字组成。字字双谜虽然由来已久，但谜味不够浓，扣合较浮泛，这是显而易见的。

【拟面征底】

同以底征面的"与虎谋皮"相反，以面征底就是只列出谜面，要求应征者自己选定谜目和谜底。所列出的谜面一般是诗词名句或某些专门名词术语，以及有一定意思的词语。要求所选的谜目要恰如其分，范围大小与谜底相符；所选的谜底要求必须与谜面扣合贴切，无斧凿痕迹或牵强附会之弊病。

【拆底就面】

以别解手法将谜底分别拆开，一一与谜面对应相扣。猜此类谜难度比"拆面就底"大得多，因为运法于谜面时，字句显豁，较易推测；但运法于谜底则往往需多方联想，反复探索才能中鹄。如"旻"（打欧阳修词一句），谜底是"人约黄昏后"。这里将谜底别解作：如果把"旻"字的"人"约（省略）掉，剩下"日"和"八"则分别是"昏"字和"黄"字的最后部位。又如"大禹"（打四字常言），谜底是"实属空前"。大禹本是传说中的治水英雄，今将谜底别解为：如果把"实"和"属"两字空了前头部分，则剩下"大禹"二字。

【底面相克】

灯谜不仅是一项饶有趣味的文字游戏，有其知识性、趣味性、艺术性，而且也具有一定的宣传教育作用，有其思想性。因此，在讲究技巧和趣味的同时，还要考虑到底面之间的褒贬关系及其社会宣传效果，应赋予它健康、向上、积极的思想内容。如果底面含义相矛盾，内容悖谬，褒贬失调，与政治常识和思想常识相违背，就叫底面相克。如以"千里姻缘"为面打法律名词"重婚"，谜面本是褒意，谜底却扣出了"重婚"之罪。又如以"出口产品"打三字口语"不中用"，谜底别解作"不为中国

└─ 儿童猜灯谜

所使用"，但面底一联系起来，似乎是说中国的"出口产品"是"不中用"的东西，那岂不是有伤国格？对于人物的褒贬就更应注意了。例如有人曾以"十多个老鼠"为面打日本影星"田中裕子"。本来，"十"扣"田中"，"多个"扣"裕"，"老鼠"扣"子"，就技巧而言，倒也熨帖。但田中裕子是一位我国广大影视观众都熟悉的国际友人，将她的名字与老鼠相提，的确有失礼貌，是对友人的不尊重。其实此谜可采用会意法，将谜面制成"乡下万元户"，那就显然比前谜强多了。总之，对正面人物不能用贬义的谜面，对反面人物不能用褒义的谜面，这条界线还是要区分清楚的。对社会可能造成不良宣传效果的灯谜，无论其技巧如何高明，也应坚决弃之如敝屣。随着时代的进步，制谜更应注意思想性与艺术性的统一，这样才能使灯谜真正具有社会价值和广阔的前途。

【谜底别解】

亦称别解在谜底，是传统正宗的制谜法门，至今仍是人们最为常用的别解手法。它的主要特点是谜面文义取本义解，但谜底文字却取歧义解。例如"伤口愈合"（打经济名词一），谜底是"创收"。"创收"的本义是指"创造财富，增加收入"，但如今将谜底的"创"别解作"创伤"，"收"别解作"收缩"。"伤口愈合"也就是创伤合拢长好了。

【谜面别解】

是灯谜别解手法之一，指谜底文义取本义解，而谜面文义却取歧

义解。例如，"猎户斗豺狼"（打国产影片一），谜底是"星星星"。谜面似乎是讲猎人打猎的情形，但这只不过是作者在谜面故布疑阵罢了。本谜其实是运用谜面别解手法，在谜面上罗列了三个星座名称："猎户"和"豺狼"是现代天文学的星座名，而"斗"则是我国古代二十八宿之一。因而猜射时应先对谜面进行别解，再运用归纳法得出谜底"星星星"。又如"单晓天"（打五字俗语），谜底是"人生地不熟"。谜面本是我国当代书法家名，今别解成"单单（仅只）晓得天"。由于古时把"天地人"称为"三才"，既然谜面是晓得天，可推知对地和人都是陌生的、不熟悉的了。故可将谜底适当停顿，读成"人生"、"地不熟"来扣合谜面。

【谜面抛荒】

谜面上的个别字或词落实不到谜底上去，成为谜面上的闲字，术语称"抛荒"。这在借用成句入谜的作品中极易出现。凡是一句中的

猜法

关键词，"抛荒"是不允许的，因为一"抛荒"，就会诱使猜者往闲字去思索，面底扣合就不严谨。如："淡扫娥眉朝至尊"（打化工品一），谜底是"轻粉"。面句选自唐张祜《集灵台》诗，说的是虢国夫人不施粉黛便去朝见君王，面句典雅，用"淡扫娥眉"扣合"轻粉"别解为轻视涂脂抹粉，颇见传神。可惜"朝至尊"三字没有着落，抛荒了。又如，"水宿鸟相呼"（打物理名词一），谜底是"共鸣"。面句出自杜甫《倦夜》："暗下萤自照，水宿鸟相呼。"意思是说溪水边夜宿的鸟儿相互不断地呼唤。"鸟相呼"可扣"共鸣"，但"水宿"二字却无着落，抛荒了。

【谜底踏空】

谜底上的个别字或词在谜面上得不到反映，成为谜底上多余的闲字，术语称"踏空"。如"汕"（打毛泽东诗一句），谜底为"一山飞峙大江边"。"江边"为"水"，与"一山飞峙"合成"汕"，但"大"字没有着落，踏空了。

【用字差错】

灯谜主要是利用汉字的各种变化，尤其是一字多义的别解手法而使底面扣合，因而制谜者一定要正确运用汉字，丝毫不能出差错。因为一条灯谜如果用错了字，就会使人无从猜起，同时由于底面之间缺乏逻辑联系，于理不通，从而无法相扣。如"秋水共长天一色"（打国名一），谜底是"波兰"。此谜尽管选用了唐代王勃《滕王阁序》中的名句作面，颇富诗情画意，然而面底却不能相扣，原因是作者把兰花的"兰"错当成蓝色的"蓝"来制谜。又如，"咳唾成珠"（打字一），谜底是"谁"。面句是成语，意思是吐词发论成珠玉，比喻言谈高明精当。但作者把谜底的"隹"误当做"佳"，从而误扣为"言佳"。实际上"隹"读音为zhuī，是一种短尾巴的鸟，与"佳"的含义大相径庭。这类差错往往是作者粗心大意造成的，只要在制谜时认真推敲检查，便可避免。

【谜面更新】

指同样的谜目和谜底，用不同的别解方式去谋求不同的谜面，以达到不同的谜意效果。要注意不能依样画葫芦，机械地按照原来谜面的意思去更新谜面，而是应以各种灵活多变不落俗套的别解手法来求得意境上令人耳目一新的效果。

【谜目混杂】

指一条灯谜包含两个或两个以上不同种类的谜目，由于谜目杂乱，往往给人一种非驴非马，不伦不类的感觉，从而使猜射的趣味性大为减弱。如："成也萧何，败也萧何"（打爆破器材一、邮政名词一），谜底是"引信、死信"。据宋洪迈《容斋续笔》："韩信为人告反，吕后欲召，恐其不就，乃与萧相国谋，给信入贺，即被诛。信之为大将军，实萧何所荐；今其死也，又出其谋。"谜面是一句有名的成语，意思是说，韩信之所以能统帅三军，乃得力于萧何的引荐；因而"成也萧何"，可扣合"引信"，"败也萧何"可扣合"死

信"。本谜用典自然，扣合贴切，可惜两个谜目风马牛不相及，猜射起来总令人感到不够畅快。因此，制谜者应努力杜绝这类谜目混杂的现象，给猜射者创造一个和谐舒畅的意境。

【用典失实】

在运用典故制谜时，用典必须求实。因为既称"典故"，就一定有出处可查，即使是约定俗成之典也必须是"事出有因"。如果作者只求底面能够扣合，而不顾典实胡编乱造，这种现象称之为"用典失实"。如"阿斗聪敏"（打宗教名词一），谜底是"禅机"。阿斗是三国时蜀汉后主刘禅的小名，"阿斗"扣"禅"，"聪敏"扣"机"，从灯谜扣合技巧上说得通，但是历史上的阿斗却是一个以懦弱无能而著称的皇帝，因而"阿斗"也成了庸碌无能之辈的代名词，他有何聪敏可言呢？因此本谜用典失实是显而易见的。

【谜面加注】

指在谜面文字后再加上一句附加语，暗示谜面或谜底需要增加或剔除

猜法

某个字或某个偏旁才能扣合。这些附加语除了表示自谦或自诩之外，也有其他鼓励性或逗趣性的词语等。表面看来，这些附加语似乎是附带一提，无关痛痒，实际上是作者故布疑阵，巧设机关。因此，猜谜者除了推敲谜面外，还须将这些附加语作为重要因素考虑进去，这样才能中鹄。

【一字反义法】

谜面是一个字，谜底也是一个字，但谜底的单字能拆开以反面的意思烘托谜面。如"武"打"斐"（非文），"男"打"嫫"（莫女），"鬼"打"俳"（非人），"黑"打"皈"（反白），"乐"打"褒"（休哀）等等。

【有典化无典】

指谜面似乎是借用典故，实际上却布下迷魂阵，瞒天过海，用其文而避其义，通过对谜面进行别解，从而把谜底推出。如"细君"（打三字口语），谜底为"小皇帝"。"细君"有一个典故：汉武帝赐肉给群臣，东方朔抢先拔剑割了一块肉，想带回

家。武帝问他为什么，他说带回去给"细君"。细君是东方朔妻子的名字，后人遂以"细君"泛指妻子。今撇开原典，将"细君"别解成"小君主"，以"细"扣"小"，"君"扣"皇帝"，遂得出谜底"小皇帝"。

【正字反侧法】

以单字正写为谜面，猜射时在谜底作字体形态的反侧变动，以使面底相互扣合。如"目"打"置"字，解作将"四"字直起来放便成"目"字；又如"半"打成语"本末倒置"，解作"半"是"末"字倒转过来放置而成的。

【题外暗扣法】

本法通常应用于即景谜中。猜射这类谜除了根据谜面的含义外，还应附加一些有关的题外内容来暗中相扣。如猜射时的日期、地点、场合、对象、谜面引文的出处与作者，甚至该谜条的作者（如果谜条上注明的话）等内容都可能涉及。在猜射时应根据具体情况，具体分析对待。

根据时间暗扣的谜，如在十月

一日国庆谜会上挂出这样一条谜：今天万民同庆（打影片名三），谜底是"中华儿女、祝福、妈妈的生日"。"今天"暗扣国庆节，也就是祖国母亲的生日。

根据制谜者姓名暗扣的谜，如"众人皆醉唯我独醒（打现代作家一）"，谜条上注明制谜者为朱某。这条谜的谜底是"朱自清"。"自清"与谜面题意扣合，"朱"暗扣制谜者本人，谜底别解为"唯有我朱某一个清醒"。

【"脚趾动"谜】

所谓"脚趾动"谜，是指过于曲折隐晦、钻牛角尖的灯谜。谜面扣合谜底一般只需转一个弯即可，如转两三个弯，就过于晦涩难懂。"脚趾动"谜这个概念，首先是清代小说家李汝珍通过《镜花缘》里一段谜论提出来的："大凡做谜，自应贴切为主；因其贴切，所以易打。就如清潭月影，遥遥相映，谁人不见？那难猜的，不是失之浮泛，就是过于晦阔。即如此刻有人脚趾暗动，此唯自己明白，别人何得而知。所以灯谜不显豁，不贴切的谓之'脚趾动'最妙。"例如这样一条谜"无边落木萧萧下（打一字）"，谜底是"日"。作者是采用南朝宋、齐、梁、陈历史顺序的典故，齐朝和梁朝的帝王都姓萧，用"萧萧"扣"齐梁"，"萧萧下"自然就是"陈"了。陈的繁体字是"陳"，"无边"是去掉"陳"的"阝"，"落木"再去掉"東"之"木"，繁体字"陳"去掉"阝"和"木"就只剩下"日"字了。这条谜的弊病，就是谜面线索埋得太深，转弯太多，过于晦涩。对于谜面"萧萧"二字就是暗喻齐梁二帝王之姓氏，"此唯自己明白，别人何得而知"，因此，说这条谜是"脚趾动"谜典型之一，一点也不过分。

此灯以"鱼"谐"玉"，寓意"金玉满堂"

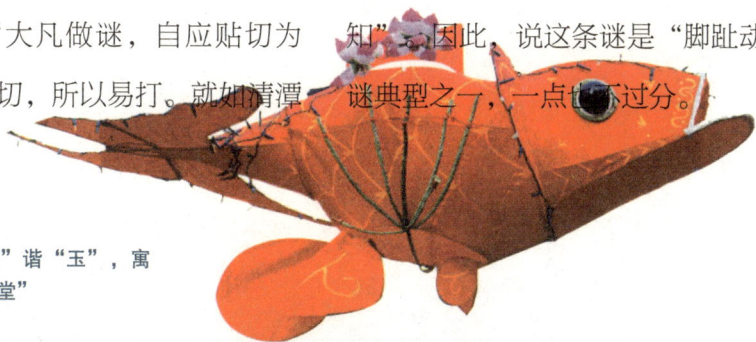

制作

制作

【字谜、人名谜和地名谜的制作方法】

1. 会意法

按照字本身所表明的意义，用提供线索的办法制成谜语。如字谜"下是在上边，上是在下边，不是在上边，生就在下边。"—谜底是"一"。又如：风平浪静（打一地名）—宁波等。

2. 离合法

把某个字的形状笔画或者一部分结构分开，然后又巧妙地组合起来。如"你一半，我一半"，谜底"伐"。

3. 误会法

利用汉字一字多义，或者特殊形状，故意在词意上设置障碍，使人产生误会。如"指东说西"，谜底"诣"。

4. 象形法

按照某字的字形，制成谜面。如：锅子炒黄豆，两颗掉到锅外头（打一字）—心。

5. 置换法

巧妙地把某字的一部分去掉，而用另一字或另一字的一部分换进去，使之成为一个新字。如：挖掉穷根巧安排（打一字）—窍。

6. 别解法

利用汉字一字多义或形状、字音上的某些特点而制成的谜。如：坐船规则（打数学名词）—乘法。

7. 反射法

根据某一字的意思，从反面去制作谜面。如：无一死亡（打生物学名词）—共生。

8. 分扣法

汉字中有许多字是由几个字组成的，因而可以把某一字分成若干部分，按照每一部分包含的意思，使之完整地表达一个意思制成谜面。如：立春时节雨纷纷（打一字）—泰。

9. 剔除法

把一个字的某部分或某些笔画，用含蓄的词句把它剔掉，使之成另一个字。如：干涉（打一字）—步。

10. 隐藏法

用生动、巧妙的词句把谜底隐藏在谜面之中，使人通过思索才发现。如：金银铜铁（打我国一地名）—无锡。

【动物谜的制作方法】

1. 直描法

谜面通过比喻、状物，直接描写物的形貌、动态、本质和作用，只抓住其中一点，加以渲染，使猜者一时不易捉摸。如：

一朵芙蓉头上戴，锦衣不是剪工裁，虽然不是英雄汉，唱得千门万户开——公鸡。

2. 象形法

抓住事物形态特征，并把它和相似的事物联系起来，制成谜面。如：麻屋子，红帐子，里面睡个白胖子—花生。

3. 反比法

按事物的形态特征，从反面去构思塑造形象，但这种事物必须是能进行反比的。如：不是桃树却结桃，桃子里面长白毛，到了秋天桃子熟，只摘白毛不摘桃—棉花。

4. 矛盾法

利用事物本身存在的矛盾的不同方面，采用对比方法来描述。如：一家分为两院，弟兄姐妹众多，多的要比少的少，少的反比多的多—算盘。

分类

【专题谜】

体育谜

以体育名词和运动员人名为谜底制成的谜语。

例如"个人简历"（打足球术语一），谜底为"短传"。

又如，"金殿召见三鼎甲"（打乒乓球名将一），谜底为"王会元"。

影剧谜

以猜射影视片名和戏剧名为题材的谜语。

例如，"金田"（打中国影片名一），谜底为"黄土地"。

例如，"浦江两岸尽朝晖"（打电视剧名一），谜底为"上海的早晨"。

例如，"奥运会会徽"（打京剧名一），谜底为"连环套"。

新知识谜

随着时代的前进，新的学科、新的科技知识不断进入谜语猜射的范围。

例如：以"实习保育员"（打科技新名词一），来猜"试管婴儿"。

又如，"启蒙"（打一门学科），谜底为"人才学"；"午后到校"（打一门学科），谜底为"未来学"。

诗词谜

欣赏诗词，可以增长文学知识，陶冶情操；猜谜射虎，则可以开启智慧，愉悦身心。若二者结合，则珠联璧合，雅趣天成。如"鸟瞰"（打毛泽东词一句），谜底为"背负青天朝下看"。

【时事谜】

计划生育谜

属时事类的专题灯谜。谜面或谜底有计划生育方面题材的谜语。

如，"十句话儿记心上；找到一半不能忘；牛儿站在平地上，似云遮月长相望；独生子女齐夸奖"（打字五），谜底为"计、划、生、育、好"。

又如，"只生一个"（打车辆零件二），谜底为"后胎、刹车"。

文明礼貌谜

属时事类的专题灯谜。谜面或谜底有文明礼貌的语句。

如，"人人让座"（打字一），谜底为"庄"。

又如，"说话和气"（打体育名词一），谜底为"柔道"。

再如，"夜夜看落花"（打礼貌用语一），谜底为"多谢"。

植树造林谜

属时事类的专题灯谜。谜面或谜底有与植树造林有关的语句。

如，"立春前后宜种树"（打字二），谜底为"椿、亲"。

又如，"雪封横断山，正是造林时"（打字一），谜底为"霖"。

【节令谜】

冬雪谜

又名：冬令谜。谜面多有"雪、冬、寒、冷"等字。

如，"雪压冬梅"（打中药名二），谜底为"冰片、沉香"。

又如，"雪里送炭"（打成语一），谜底为"黑白分明"。

元旦谜

谜面或谜底以"元旦"等字句为题材的灯谜。

如，"细看园中景，旧貌变新颜"（打节日名一），谜底为"元旦"。

又如，"一一看分明"（打节日名一），谜底为"元旦"。将"明"分为"日、月"，附上"一一"，读成"一月一日"扣"元旦"。

新春谜

谜面或谜底与"春"有关的灯谜

剪纸宫灯

如，"三人同日来，喜见百花开"（打字一），谜底为"春"。

又如，以词牌名"东风第一枝"（打《红楼梦》人名一）猜"元春"；以岳飞诗句"特特寻芳上翠微"（打《红楼梦》人名一）猜"探春"；以宋人叶绍翁的名句"一枝红杏出墙来"（打《红楼梦》人名一）猜"迎春"；以岳飞《满江红》中的"莫等闲白了少年头"（打《红楼梦》人名一）猜"惜春"。

夏令谜

谜面或谜底多有"夏、热、暑"等字。

如，"听听很热，看看很古"（打字一），谜底为"夏"。

秋月谜

谜面或谜底多有"秋、中秋、月、月饼、团圆"等字词。

如"海峡两岸共婵娟"（打台湾作家及其作品名一），谜底为"琼瑶、在水一方"。

又如，"八十五"（打电影名一），谜底为"月到中秋"。把"月"字填到"八十五"中，正是"八月十五"。

【生肖谜】

（十二生肖类的专题灯谜，谜面或谜底与十二生肖、干支有关。）

鼠年谜（"子·鼠"）

如，"除夕后，是鼠年"（打茅盾作品名一），谜底为"子夜"。

牛年谜（"丑·牛"）

如，"牛年大吉"（打字一），谜底为"犁"。

虎年谜（"寅·虎"）

如，"伏虎"（打鲁迅作品名一），谜底为"热风"。"虎"可别解为"风、王"等。

兔年谜（"卯·兔"）

如，"四方迎来兔年"（打字一），谜底为"留"。

龙年谜（"辰·龙"）

如，"龙年得千金"（打字一），谜底为"娠"。

蛇年谜（"巳·蛇"）

如，"洞里好像有条蛇"（打

鲁迅作品名一），谜底为"孔乙己"。"洞"扣"孔"，"乙、己"与"巳"相像。

马年谜（"午·马"）

如，"迎来马年，四方致力"（打字一），谜底为"驾"。

羊年谜（"未·羊"）

如，"羊年出生"（打外国影片名一），谜底为"未来世界"。

猴年谜（"申·猴"）

如，"花果山大王"（打中药名一），谜底为"猴头"。

鸡年谜（"酉·鸡"）

如，"子时报晓"（打电影片名一），谜底为"半夜鸡叫"。

狗年谜（"戌·狗"）

如，"戌年致富有方"（打历史年号一），谜底为"咸丰"。

猪年谜（亥·猪）

如，"猪倌"（打三国人名一），谜底为"管亥"。

【数学谜】

数学谜

一种特殊形式的灯谜，就是用数字、数学式、方程等为谜面的灯谜。

包括数字谜、数量换算谜、数学运算谜和方程谜。

口诀谜

一种特殊形式的谜语，是以珠算口诀、算术口诀、象棋术语等口诀为谜面的谜语，而这些口诀往往只是一种借代式比喻。

例如，"六一下加四，四去八进一"（打字一），谜底为"音"。

【字母谜】

拼音字母谜

字母谜的一种。以各种字母为谜面或谜底的灯谜，包括汉语拼音谜、外文谜等。

例如："rén"（打成语一），谜底为"巧夺天工"。

【趣味谜】

符号谜

一种特殊形式的灯谜，又名趣味谜。

特点是采用标点符号、数学符号、音乐符号等各种各样的符号作谜面，猜射时根据符号的形状和含义来寻找谜底。

例如，"▲"（打影片名一），谜底为"黑三角"。

塔形谜

以几个叠字谜组成宝塔形的组谜，谜底多与数目有关。

例如，"鑫"（打外国古迹一），谜底为"金字塔"。

又如，"森森森"（打字一），谜底为"杂"。

趣字谜

谜面故作咬文嚼字的字谜，谜面常带有"字"字，谜底也与"字"字的笔画有关。

例如，"安字去了盖，莫作女字猜"（打字一），谜底为"好"。

【花色谜】

部首谜

以汉字部首作谜面，或谜底为偏旁部首的谜语。

例如，"皿"（打成语一），谜底为"一针见血"。

对联谜

谜面采用对联形式的灯谜，即

诗钟。

例如，"柳含翠烟春来早，梅吐红霞花枝俏"（打梁山泊人名二、三国人名二），谜底为"杨林、张清、冷苞、张苞"。

辐射谜

一种特殊形式的灯谜。属一面多底谜，又名一面异目多底谜。其特点是一个谜面，并排几个谜目，谜面用直线与谜目相连而形成辐射状，所以名为辐射谜。

例如，"葵"（打影片名一），谜底为"花儿朵朵向阳开"。

集字谜

运用运算法使谜面文字或笔画与谜底紧密相扣的一种灯谜。

例如，"衫袄裤袍裙衩褂衲装"（打京剧名一），谜底为"九件衣"。

谐音谜

用谐音的方法制作的谜语。

例如，"427"（打国名一），谜底为"法兰西"，这里是将谜底的谐音与谜面的简谱音连在一起。

矛盾谜

一种特殊形式的谜语。它的特点是谜面上有些字句看起来相互矛盾，使猜谜者陷入迷魂阵中，从而提高谜语的趣味。

例如，"写是水少，说是水多"（打字一），谜底为"泛"。

连环谜

一种特殊形式的灯谜。又名：连珠谜、谜中谜、蝉联谜、连环扣等。可分为循环谜和不循环谜两种。该谜相当于不注明连环格的灯谜。

例如，"我欲与君相知，长命无绝衰"（谜格→温州俗语一→县名一），谜底为"白头、鸳鸯，相靠老，永安"。这种谜与带连环格的灯谜也有点区别，就是前者扣底个数不限，后者只能三次扣合。

相似谜

一种特殊结构的灯谜，它的特点是谜面多为一个字，经联想找出一个与之相似的字，再添上"象、形、如、肖"等附加字来共同扣合谜面。

例如，"祺"（打文娱用品一），谜底为"象棋"。

颜色谜

一种特殊形式的灯谜。即谜条或谜面文字用某种颜色制作的灯谜，猜时要将这些颜色结合谜面考虑，才能猜中谜底。又名彩色谜、色彩谜、彩字谜。其中用红色书写的又叫红谜、红虎。

例如：用黄色书写的"**M**"（打宋代诗人一），谜底为"黄山谷"。

颜色谜中有一种特例，谜面就只是一张白纸条，谜面没有文字，但有谜目，这叫空白谜。

漏字谜

一种特殊形式的灯谜。又名明漏。它的特点是谜面多用成语或诗词名句，并故意漏掉一二字，看起来很像射覆谜之类的填字游戏，实际上要根据漏掉的字来猜射谜底。

例如，"绘口绘口"（打成语一），谜底为"不露声色"。

五行谜

谜面或谜底与"金、木、水、

火、土"五行及相应的方位、干支
有关的灯谜。

例如，"东方明矣"（打字
一），谜底为"柳"，"东方"扣
"木"，而"卯"时天刚明亮。

空白谜

一种特殊形式的谜语，是谜
面最少的灯谜，属于颜色谜或实
物谜。又名无字谜、无字灯谜、无
文灯谜、白面谜、不着一字。这种
灯谜的谜面什么也没有，很容易使
初学者认为是出谜者的疏忽，这正
是这种谜的巧妙，它的谜底往往与

空、无、白、没等有关。

例如：一张空白的谜条，可
猜成语"无中生有"、"一纸空
文"、《西游记》人名"悟空"、
字"谜"、戏剧用语"独白"等
等；一张空白的红纸条，可猜中药
"一片丹"；七张空白纸条，可猜
字"皂"等等。

多少谜

一种特殊形式的灯谜。它的
特点是运用汉字的笔画结构，以多
笔或少笔的寓意扣合谜底。它与移
位法和参差法有些类似，所不同的

是，多和少的笔画不是同一笔画。

如，"前后多少天"（打职称一），谜底为"大夫"。

改错谜

一种特殊形式的灯谜。又名移玉谜、移珠谜。它的特点是谜面采用成语或诗词名句，但其中个别字故意用错；或者谜面用一对字组成，根据谜面提示，猜射谜底，后者又名单字改错谜。

例如，"浅不可测"（打成语一），谜底为"深入浅出"。

单字改错谜如，"迁一迈"（打成语一），谜底为"千变万化"。

加注谜

一种特殊形式的灯谜。它的特点是谜面上附一句双关语作暗示，使得谜面与谜底字字紧扣。附注的一句往往是自谦词语，故意给猜谜者布上迷魂阵，故也称制作这种谜为疑阵格。如果猜时忽略附注词语就不能猜中谜底。

如，"昼"（此谜请勿见笑，打唐代诗人一），谜底为"白乐天"，这里"勿见笑"就是不要出现"笑"字，"白天"扣谜面"昼"。

替代谜

一种特殊结构的灯谜。它的特点是谜底采用同义词假借并衬以"同、也、亦、是、定、即"等替代词扣合谜面。

例如，"松烟"（打山东地名一），谜底为"即墨"。

绕口令谜

一种特殊形式的谜语。以绕口令为谜面的谜语。

例如，"通上不通下，通下不通上，要通上下通，不通都不通"（每句打一字），谜底为"由、甲、申、田"。

【特殊字谜】

独字谜

独字虎又称"独角虎"、"一字谜"、"独当一面"。由于谜面只有一个字，十分奇特。从古到今，颇受谜界的青睐。如"让"（打一成语），谜底为"不在话下"。

离合字谜

一种特殊的字谜。又名离合拼字谜，谜底由两个以上的"子字"和一个"母字"组成，子字凑在一起成为母字，子字与母字组合起来，共同扣合谜面。

例如，"一代更比一代强"（打离合字一），谜底为"子女不孬"。

【合面多底谜】

连句字谜

每一句猜一个字，而且这些字连起来是一句话的合面多底谜。

例如："天下通行，三星伴月，严字当头，知音同心，汗水挥洒，两两成双，人要虚心。"（每句猜一字）谜底为"一心一意干四化"。

合面多底谜

又名组谜、组合谜语、连珠谜、连缀谜。它的特点是把几个相互有关联的谜面组合起来，构成一个"大谜面"，谜面中的一部分只能与某一个谜底相扣合，任何一个谜底都不能单独与整个"大谜面"相扣。

例如，"心有余，力不足"（打字二），谜底为"必、刀"。它也可化整为零，把各个谜底相对应的谜面单独分出来，便能独立成谜。

谜面采用排比法四句猜四个谜底的，叫"四句猜"。合面多底谜一般每句分别对应一个谜底，个别的每两句（或更多句）对应一个谜底或每句对应两个谜底。合面多底谜包括新闻谜、民歌谜、书信谜和相声谜。合面多底谜的谜底的意义一般不连贯，个别的可连起来读，有些类似集锦格。

举
例

举例

饭（打一字）	糙	思（打一字）	十
稻（打一字）	类	水库（打一字）	沧
武（打一字）	斐	丰收（打一字）	移
刃（打一字）	召	丹朱（打一字）	赫
冰（打一字）	涸	丹江（打一字）	洙
再（打一字）	变	干涉（打一字）	步
巨（打一字）	奕	西施（打一字）	俪
厩（打一字）	驴	东施（打一字）	妞
嘴（打一字）	唧	书签（打一字）	频
岸（打一字）	滂	血盆（打一字）	唬
矮（打一字）	射	早上（打一字）	日
炭（打一字）	樵	航道（打一字）	潞
痴（打一字）	保	和局（打一字）	抨
雨（打一字）	池	泥峰（打一字）	击
日（打一字）	畔	祝福（打一字）	诘
目（打一字）	置	烟缸（打一字）	盏
灰（打一字）	尘	晚会（打一字）	多
众（打一字）	侈	瑞士（打一字）	佶
		粮食（打一字）	稞
		乍得人（打一字）	作

谜面	谜底	谜面	谜底
鬼头山（打一字）	嵬	冬初秋末（打一字）	八
顶破天（打一字）	夫	包头界首（打一字）	甸
三丫头（打一字）	羊	古文观止（打一字）	故
不怕火（打一字）	镇	争先恐后（打一字）	急
写下面（打一字）	与	百无一是（打一字）	白
陈玉成（打一字）	瑛	上下一体（打一字）	卡
旱天雷（打一字）	田	另有变动（打一字）	加
热处理（打一字）	煺	异口同声（打一字）	谐
不要走（打一字）	还	半耕半读（打一字）	讲
半导体（打一字）	付	颠三倒四（打一字）	泪
关帝庙（打一字）	扇	弹丸之地（打一字）	尘
好读书（打一字）	敞	四个晚上（打一字）	罗
雁双飞（打一字）	从	熙熙攘攘（打一字）	侈
单人床（打一字）	麻	连声应允（打一字）	哥
神农架（打一字）	枢	孩子丢了（打一字）	亥
抽水泵（打一字）	石	池塘亮底（打一字）	汗
画中人（打一字）	佃	内里有人（打一字）	肉
绊脚石（打一字）	跖	谢绝参观（打一字）	企
高尔基（打一字）	尚	喜上眉梢（打一字）	声
多一半（打一字）	夕	闭上嘴巴（打一字）	哈
草上飞（打一字）	早	儿女双全（打一字）	好
上无兄长（打一字）	歌	文武双全（打一字）	斌
半部春秋（打一字）	秦	今朝泪如雨（打一字）	漳
岳父大人（打一字）	仗	一家十一口（打一字）	吉
十个哥哥（打一字）	克	床前明月光（打一字）	旷
春末夏初（打一字）	旦	二十四小时（打一字）	旧

举例

谜面	谜底	谜面	谜底
对影成三人（打一字）	奏	西安相聚之日（打一字）	晒
总是玉关情（打一字）	国	一直真心相对（打一字）	非
柴门闻犬吠（打一字）	润	对方进了一球（打一字）	哼
我独不得出（打一字）	圈	春节放假三天（打一字）	人
三点河旁落（打一字）	可	孤峦叠嶂层云散（打一字）	崛
两点天上来（打一字）	关	江西如今变了样（打一字）	冷
入门无犬吠（打一字）	问	后村闺中听风声（打一字）	封
一人背张弓（打一字）	夷	送走观音使不得（打一字）	还
说话的技术（打一字）	团	一点一点得知（打一字）	短
第二次握手（打一字）	观	除夕残年又逢春（打一字）	桀
开门日正中（打一字）	间	水映横山落残红（打一字）	绿
李时珍所著（打一字）	苯	遥指红楼是妾家（打一字）	舒
一口咬破衣（打一字）	哀	画前画后费心思（打一字）	田
非正式协定（打一字）	药	两人十四个心（打一字）	德
有一点不准（打一字）	淮	是非只为多开口（打一字）	匪
宿鸟恋枝头（打一字）	术	春去也，花落无言（打一字）	榭
日月一齐来（打一字）	胆	一家有四口，还要养只狗	
进水行不成（打一字）	衍	（打一字）	器
天际孤帆愁别离（打一字）	穗	说他忘，他没忘，心眼长在一边上	
十日画一水（打一字）	洵	（打一字）	忙
一一入史册（打一字）	更	相聚西湖边，泪绝断桥前	
四方一条心（打一字）	愣	（打一字）	湘
日迈长安远（打一字）	宴	【成语谜】	
驿外断桥边（打一字）	骄	龙（打一成语）	充耳不闻
陕西人十分好（打一字）	附	一（打一成语）	接二连三
早不说晚不说（打一字）	午	乖（打一成语）	乘人不备

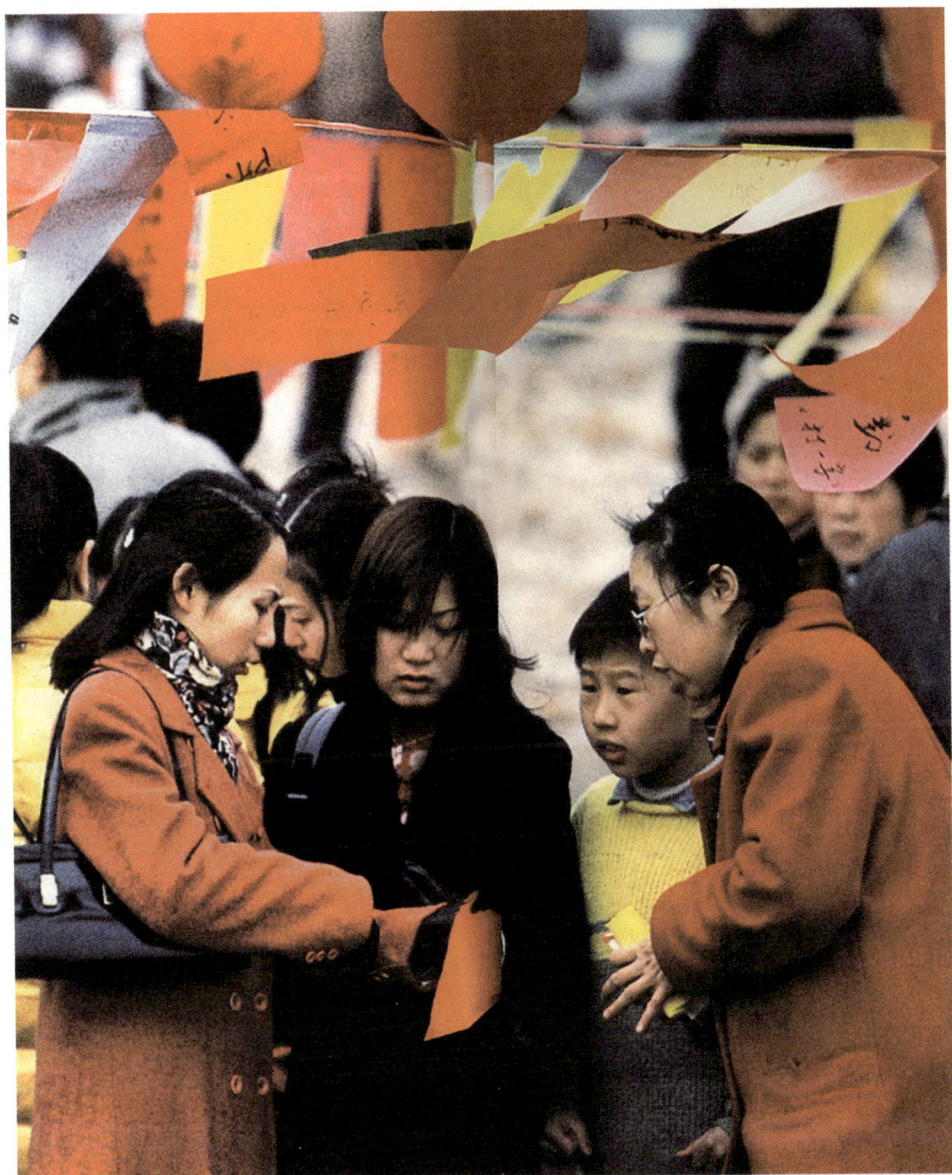

└ 猜灯谜

亚（打一成语）	有口难言	者（打一成语）	有目共睹
主（打一成语）	一往无前	泵（打一成语）	水落石出
呀（打一成语）	唇齿相依	扰（打一成语）	半推半就
判（打一成语）	一刀两断	黯（打一成语）	有声有色

田（打一成语）	挖空心思	齐唱（打一成语）	异口同声
十（打一成语）	纵横交错	卧倒（打一成语）	五体投地
板（打一成语）	残茶剩饭	圆寂（打一成语）	坐以待毙
咄（打一成语）	脱口而出	导游（打一成语）	引人入胜
票（打一成语）	闻风而起	感冒通（打一成语）	有伤风化
骡（打一成语）	非驴非马	化妆学（打一成语）	谈何容易
桁（打一成语）	行将就木	太阳灶（打一成语）	热火朝天
皇（打一成语）	白玉无瑕	显微镜（打一成语）	一孔之见
忘（打一成语）	死心塌地	爬竹竿（打一成语）	节节上升
中的（打一成语）	箭无虚发	无底洞（打一成语）	深不可测
会计（打一成语）	足智多谋	望江亭（打一成语）	近水楼台
电梯（打一成语）	能上能下	脱粒机（打一成语）	吞吞吐吐
并重（打一成语）	恰如其分	农产品（打一成语）	土生土长
相声（打一成语）	装腔作势	彩调剧（打一成语）	声色俱厉
伞兵（打一成语）	从天而降	黑板报（打一成语）	白字连篇
背脸（打一成语）	其貌不扬	飞行员（打一成语）	有机可乘
假眼（打一成语）	目不转睛	跷跷板（打一成语）	此起彼伏
氤氲（打一成语）	气吞山河	婚丧事（打一成语）	悲喜交加
胜境（打一成语）	不败之地	打边鼓（打一成语）	旁敲侧击
武断（打一成语）	不容分说	飞鸣镝（打一成语）	弦外之音
雨披（打一成语）	一衣带水	垃圾箱（打一成语）	藏垢纳污
极小（打一成语）	微乎其微	纸老虎（打一成语）	外强中干
初一（打一成语）	日新月异	八十八（打一成语）	入木三分
仙乐（打一成语）	不同凡响	笑死人（打一成语）	乐极生悲
美梦（打一成语）	好景不长	五句话（打一成语）	三言两语
兄弟（打一成语）	数一数二	万年青（打一成语）	长生不老

铁公鸡（打一成语）	一毛不拔	兔子请老虎（打一成语）	寅吃卯粮
爬楼梯（打一成语）	步步高升	不考虑中间（打一成语）	瞻前顾后
鹊巢鸦占（打一成语）	化为乌有	没关水龙头（打一成语）	放任自流
尽收眼底（打一成语）	一览无遗	快刀斩乱麻（打一成语）	迎刃而解
逆水划船（打一成语）	力争上游	暗中下围棋（打一成语）	皂白不分
石榴成熟（打一成语）	皮开肉绽	给家捎个话（打一成语）	言而无信
举重比赛（打一成语）	斤斤计较	一块变九块（打一成语）	四分五裂
枪弹上膛（打一成语）	一触即发	鲁达当和尚（打一成语）	半路出家
全面开荒（打一成语）	不留余地	哑巴打手势（打一成语）	不言而喻
零存整取（打一成语）	积少成多	娄阿鼠问卦（打一成语）	做贼心虚
愚公之家（打一成语）	开门见山	超级好牙刷（打一成语）	一毛不拔
盲人摸象（打一成语）	不识大体	猫狗像什么（打一成语）	如狼似虎
清浊合流（打一成语）	泾渭不分	电锯开木头（打一成语）	当机立断
四通八达（打一成语）	头头是道	空对空导弹（打一成语）	见机行事
双手赞成（打一成语）	多此一举	仲尼日月也（打一成语）	一孔之见
蜜饯黄连（打一成语）	同甘共苦	西施脸上出天花	
单方告白（打一成语）	一面之词	（打一成语）	美中不足
照相底片（打一成语）	颠倒黑白	二三四五六七八九	
爱好旅游（打一成语）	喜出望外	（打一成语）	缺衣少食
公用毛巾（打一成语）	面面俱到	南北安全，左右倾斜	
心无二用（打一成语）	一心一意	（打一成语）	东倒西歪
游泳比赛（打一成语）	力争上游	一只蜜蜂停在一本日历上	
武大郎设宴（打一成语）	高朋满座	（打一成语）	风和日丽
遇事不求人（打一成语）	自力更生	【地名谜】	
千里通电话（打一成语）	遥相呼应	黄昏	
多看无滋味（打一成语）	屡见不鲜	（打河南一地名）	洛阳

飞流直下三千尺

（打宁夏一地名）　　　银川

一年四季尽春风

（打吉林一地名）　　　长春

一路平安

（打山东一地名）　　　旅顺

一起做东家

（打北京一地名）　　　同合庄

钱多才可做东

（打北京一地名）　　　大有庄

沫若乡间住处

（打北京一地名）　　　郭公庄

掌声经久不息

（打北京一地名）　　　延庆

庙建成菩萨到

（打上海一地名）　　　新寺

中国振兴更辉煌

（打上海一地名）　　　龙华

金银铜铁珠翠钻

（打上海一地名）　　　七宝

给爷爷让座位

（打天津一地名）　　　小站

重点干起，秋前方成

（打天津一地名）　　　和平

前藏安家，怡然开心

（打天津一地名）　　　芦台

悔教夫婿觅封侯，只因陌头忽有见

（打天津一地名）　　　杨柳青

朔方有石无土培

（打重庆一地名）　　　北碚

从打工起，终于出头

（打重庆一地名）　　　巫山

山水之间，一方独立

（打重庆一地名）　　　涪陵

集资共建，大桥贯通

（打重庆一地名）　　　铜梁

兵家必争之地

（打香港一地名）　　　旺角

超级骗子之言

（打香港一地名）　　　大坑道

保卫珍宝岛之战

（打香港一地名）　　　北角

欧洲敬献皇帝之物

（打香港一地名）　　　西贡

固若金汤

（打河北一地名）　　　保定

辣椒市场

（打河北一地名）　　　辛集

中国界首

（打河北一地名）　　　玉田

山呼万岁

（打河北一地名）　　　赞皇

日照清流涌		雄踞山寨	
（打山西一地名）	阳泉	（打吉林一地名）	公主岭
共同走江湖		双双无突破	
（打山西一地名）	洪洞	（打吉林一地名）	四平
抵达分水处		贵在廉洁	
（打山西一地名）	临汾	（打黑龙江一地名）	宝清
静静的顿河		楚剧选段	
（打山西一地名）	文水	（打黑龙江一地名）	林口
为天下唱		又到鸡西市	
（打内蒙古一地名）	呼和浩特	（打黑龙江一地名）	双城
冲着你打		千里来慰问	
（打内蒙古一地名）	和林格尔	（打黑龙江一地名）	抚远
山花红烂漫		安得后羿弓	
（打内蒙古一地名）	赤峰	（打江苏一地名）	射阳
落红有主		空付一书扎	
（打辽宁一地名）	丹东	（打江苏一地名）	高邮
何谓五岳		鬼脸儿善变	
（打辽宁一地名）	盘山	（打江苏一地名）	兴化
八一勋章		准点到西宁	
（打辽宁一地名）	彰武	（打江苏一地名）	淮安
客人初至		分床不分家	
（打辽宁一地名）	新宾	（打浙江一地名）	桐庐
促其反正		此日意无穷	
（打吉林一地名）	敦化	（打浙江一地名）	富阳
泾渭不分		无一知其义也	
（打吉林一地名）	浑江	（打浙江一地名）	文成

举例

无丝竹之乱耳

（打浙江一地名） 乐清

人在楼头空伫立

（打安徽一地名） 休宁

风物长宜放眼量

（打安徽一地名） 怀远

上下四方无险情

（打安徽一地名） 六安

介子推辞官退隐

（打安徽一地名） 潜山

根治黄河

（打福建一地名） 清流

神不在焉

（打福建一地名） 仙游

晓以大义

（打福建一地名） 德化

静观待变

（打福建一地名） 宁化

战太平

（打江西一地名） 武宁

鸿鸟飞

（打江西一地名） 余江

下不为例

（打江西一地名） 上饶

树叶落尽

（打江西一地名） 余干

店主站柜台

（打山东一地名） 东营

佳作已见报

（打山东一地名） 文登

春光临渡口

（打山东一地名） 夏津

美人锁铜雀

（打山东一地名） 鱼台

金乌西坠白头看

（打河南一地名） 洛阳

先收集然后整理

（打河南一地名） 焦作

柳暗花明又一村

（打河南一地名） 新乡

珍珠如土金如铁

（打河南一地名） 宝丰

介胄之士

（打湖北一地名） 武汉

公开赞助

（打湖北一地名） 襄阳

正者日也

（打湖北一地名） 当阳

年少无知

（打湖北一地名） 大悟

主人无恙

（打湖南一地名） 东安

红杏出墙		春水纵横送我还	
（打湖南一地名）	花垣	（打广西一地名）	梧州
刚刚平静		向阳坡上桃花艳	
（打湖南一地名）	新宁	（打广西一地名）	南丹
安居故里		财源茂盛达三江	
（打湖南一地名）	宁乡	（打广西一地名）	富川
拨开云雾现红轮		皇后在京坐正宫	
（打广东一地名）	揭阳	（打海南一地名）	琼中
烟火灭后心安宁		雄心纵横行无阻	
（打广东一地名）	恩平	（打海南一地名）	通什
桃李杏梅菊含笑		公私仓廪皆丰实	
（打广东一地名）	五华	（打海南一地名）	屯昌
湖中倒影水纵横		子仪出征讨禄山	
（打广东一地名）	潮州	（打海南一地名）	定安
日照幽篁笼古刹		北平解放之后	
（打广西一地名）	天等	（打四川一地名）	成都

中秋节花灯

举例

刘邦登基诏书		飞花满四邻	
（打四川一地名）	宣汉	（打西藏一地名）	谢通门
花和尚鲁智深		长江后浪推前浪	
（打四川一地名）	色达	（打西藏一地名）	波密
南人不复返矣		一劳永逸	
（打四川一地名）	泸定	（打陕西一地名）	长安
三十六载共患难		支出两分	
（打贵州一地名）	桐梓	（打陕西一地名）	岐山
那个愿臣虏自认		叔伯昆仲	
（打贵州一地名）	安顺	（打陕西一地名）	咸阳
田心一片磁针石		为虎作伥	
（打贵州一地名）	思南	（打陕西一地名）	扶风
艳阳天却听雷声		发扬大协作精神	
（打贵州一地名）	晴隆	（打青海一地名）	互助
惩恶扬善		一帆风顺无险阻	
（打云南一地名）	宜良	（打青海一地名）	平安
依然故我		人的品格最重要	
（打云南一地名）	个旧	（打青海一地名）	贵德
美哉嘉陵		千街万巷没堵塞	
（打云南一地名）	丽江	（打青海一地名）	大通
全面整顿		蜜罐城	
（打云南一地名）	大理	（打宁夏一地名）	甜水堡
漩涡里的歌		情投意合	
（打西藏一地名）	曲水	（打宁夏一地名）	同心
繁荣的北京		老少多病	
（打西藏一地名）	昌都	（打宁夏一地名）	中宁

聚气守精

（打宁夏一地名）　　　　　固原

叶飘时零客人来

（打新疆一地名）　　　　　喀什

加的结果乃能大

（打新疆一地名）　　　　　和硕

芙蓉帐暖度春宵

（打新疆一地名）　　　　　温宿

举起鞭儿又紧缰

（打新疆一地名）　　　　　策勒

【动物谜】

耳朵长，尾巴短。只吃菜，不吃饭。

（打一动物名）　　　　　兔子

粽子脸，梅花脚。前面喊叫，后面舞
刀。（打一动物名）　　　　　狗

小姑娘，夜纳凉。带灯笼，闪闪亮。

（打一动物名）　　　　　萤火虫

一支香，地里钻。弯身走，不会断。

（打一动物名）　　　　　蚯蚓

一样物，花花绿。扑下台，跳上屋。

（打一动物名）　　　　　猫

沟里走，沟里串。背了针，忘了线。

（打一动物名）　　　　　刺猬

船板硬，船面高。四把桨，慢慢摇。

（打一动物名）　　　　　乌龟

一把刀，顺水漂。有眼睛，没眉毛。

（打一动物名）　　　　　鱼

一星星，一点点。走大路，钻小洞。

（打一动物名）　　　　　蚂蚁

脚儿小，腿儿高。戴红帽，穿白袍。

（打一动物名）　　　　　丹顶鹤

小小船，白布篷。头也红，桨也红。

（打一动物名）　　　　　鹅

长胳膊，猴儿脸。大森林里玩得欢。
摘野果，捣鹊蛋，抓住树枝荡秋千。

（打一动物名）　　　　　长臂猿

娘子娘子，身似盒子。麒麟剪刀，八
个钗子。（打一动物名）　　　　　蟹

进洞像龙，出洞像凤。凤生百子，百
子成龙。（打一动物名）　　　　　蚕

尖尖长嘴，细细小腿。拖条大尾，疑
神疑鬼。（打一动物名）　　　　　狐狸

为你打我，为我打你。打到你皮开，
打得我出血。

（打一动物名）　　　　　蚊子

无脚也无手，身穿鸡皮皱。谁若碰着
它，吓得连忙走。

（打一动物名）　　　　　蛇

背板过海，满腹文章。从无偷窃行
为，为何贼名远扬？

（打一动物名）　　　　　乌贼

日飞落树上，夜晚到庙堂。不要看我

举例

小，有心肺肝肠。

（打一动物名）　　　　　麻雀

说马不像马，路上没有它。若用它做药，要到海中抓。

（打一动物名）　　　　　海马

海上一只鸟，跟着船儿跑。冲浪去抓鱼，不怕大风暴。

（打一动物名）　　　　　海鸥

小时像逗号，在水中玩耍。长大跳得高，是捉虫冠军。

以《白蛇传》为题的台式花灯

（打一动物名）　　　　　青蛙

白天一起玩，夜间一块眠。到老不分散，人夸好姻缘。

（打一动物名）　　　　　鸳鸯

姑娘真辛苦，晚上还织布。天色蒙蒙亮，机声才停住。

（打一动物名）　　　　　纺织娘

有位小姑娘，身穿黄衣裳。谁要欺负她，她就戳一枪。

（打一动物名）　　　　　黄蜂

身小力不小，团结又勤劳。有时搬粮食，有时挖地道。

（打一动物名）　　　　　蚂蚁

头顶两只角，身背一只镬。只怕晒太阳，不怕大雨落。

（打一动物名）　　　　　蜗牛

你坐我不坐，我行你不行。你睡躺得平，我睡站到明。

（打一动物名）　　　　　马

穿着大红袍，头戴铁甲帽。叫叫我阿公，捉捉我不牢。

（打一动物名）　　　　　蜈蚣

沙漠一只船，船上载大山。远看像笔架，近看一身毡。

（打一动物名）　　　　　骆驼

身穿绿色衫，头戴五花冠。喝的清香

酒，唱如李翠莲。

（打一动物名） 蝈蝈

头胖脚掌大，像个大傻瓜。四肢短又粗，爱穿黑大褂。

（打一动物名） 熊

个儿高又大，脖子似吊塔。和气又善良，从来不打架。

（打一动物名）长颈鹿鼻子像钩子，耳朵像扇子。大腿像柱子，尾巴像鞭子。

（打一动物名） 象

远看像黄球，近看毛茸茸。叽叽叽叽叫，最爱吃小虫。

（打一动物名） 小鸡

兄弟七八千，住在屋檐边。日日做浆卖，浆汁更值钱。

（打一动物名） 蜂

皮白腰儿细，会爬又会飞。木头当粮食，专把房屋毁。

（打一动物名） 白蚁

身上滑腻腻，喜欢钻河底。张嘴吐泡泡，可以测天气。

（打一动物名） 泥鳅

像鱼不是鱼，终生住海里。远看是喷泉，近看像岛屿。

（打一动物名） 鲸

两眼如灯盏，一尾如只钉。半天云里过，湖面过光阴。

（打一动物名） 蜻蜓

黑脸包丞相，坐在大堂上。扯起八卦旗，专拿飞天将。

（打一动物名） 蜘蛛

驼背老公公，胡子乱蓬蓬。生前没有血，死后满身红。

（打一动物名） 虾

像猫不是猫，身穿皮袄花。山中称霸王，寅年它当家。

（打一动物名） 老虎

身长约一丈，鼻生头顶上。背黑肚皮白，安家在海洋。

（打一动物名） 海豚

远看像只猫，近看是只鸟。晚上捉田鼠，天亮睡大觉。

（打一动物名） 猫头鹰

腿长胳膊短，眉毛遮住眼。没人不吭声，有人它乱窜。

（打一动物名） 蚂蚱

头插花翎翅，身穿彩旗袍。终日到处游，只知乐逍遥。

（打一动物名） 蝴蝶

身子轻如燕，飞在天地间。不怕相隔远，也能把话传。

举例

（打一动物名）　　　信鸽

脚着暖底靴，口边出胡须。夜里当巡捕，日里把眼眯。

（打一动物名）　　　猫

头前两把刀，钻地害禾苗。捕来烘成干，一味利尿药。

（打一动物名）　　　蝼蛄

四柱八栏杆，住着懒惰汉。鼻子团团转，尾巴打个圈。

（打一动物名）　　　猪

生的是一碗，煮熟是一碗。不吃是一碗，吃了也一碗。

（打一动物名）　　　田螺

头戴周瑜帽，身穿张飞袍。自称孙伯符，脾气像马超。

（打一动物名）　　　蟋蟀

身穿绿衣裳，肩扛两把刀。庄稼地里走，害虫吓得跑。

（打一动物名）　　　螳螂

叫猫不抓鼠，像熊爱吃竹。摇摆惹人爱，是猫还是熊？

（打一动物名）　　　熊猫

不难分解。(打一动物名) 蜥蜴

小小诸葛亮，独坐军中帐，摆成八卦阵，专抓飞来将。

（打一动物名）　　　蜘蛛

墙上挂灯谜（打一动物名）　壁虎

绝妙好言（打一动物名）　狼狗

播种（打一动物名）　布谷

多兄长（打一动物名）　八哥

屡试屡成（打一动物名）　百灵

轻描柳叶（打一动物名）　画眉

【日用品谜】

红娘子，上高楼。心里疼，眼泪流。

（打一日常用品）　　蜡烛

一棵麻，多枝丫。雨一淋，就开花。

（打一日常用品）　　雨伞

小小狗，手里走。走一走，咬一口。

（打一日常用品）　　剪刀

一只罐，两个口。只装火，不装酒。

（打一日常用品）

灯笼

左手五个，右手五个。拿去十个，还剩十个。（打一日常用品）　手套

有硬有软，有长有宽。白天空闲，夜晚上班。（打一日常用品）　床

生在山崖，落在人家。凉水浇背，千刀万剐。

（打一日常用品）　磨刀石

一物三口，有腿无手。谁要没它，难见亲友。（打一日常用品）　裤子

又白又软，罩住人脸。守住关口，防

止传染。（打一日常用品） 口罩

头大尾细，全身生疥。拿起索子，跟你讲价。（打一日常用品） 秤

平日不思，中秋想你。有方有圆，又甜又蜜。（打一日常用品） 月饼

一只黑狗，两头开口。一头咬煤，一头咬手。（打一日常用品） 火钳

外麻里光，住在闺房。姑娘怕戳疼，拿它来抵挡。

（打一日常用品） 顶针

猛将百余人，无事不出城。出城就放火，引火自烧身。

（打一日常用品） 火柴

有头没有尾，有角又有嘴。扭动它的角，嘴里直淌水。

（打一日常用品） 水龙头

一群黄鸡娘，生蛋进船舱。烤后一声响，个个大过娘。

（打一日常用品） 爆米花

一只黑鞋子，黑帮黑底子。挂破鞋子口，漏出白衬子。

（打一日常用品） 西瓜子

身穿红衣裳，常年把哨放，遇到紧急事，敢往火里闯。

（打一日常用品） 灭火器

前面来只船，舵手在上边。来时下小

雨，走后路已干。

（打一日常用品） 熨斗

一只没脚鸡，立着从不啼。吃水不吃米，客来敬个礼。

（打一日常用品） 茶壶

中间是火山，四边是大海。海里宝贝多，快快捞上来。

（打一日常用品） 火锅

楼台接楼台，层层叠起来。上面飘白雾，下面水花开。

（打一日常用品） 蒸笼

一队胡子兵，当了牙医生。早晚来巡逻，打扫真干净。

（打一日常用品） 牙刷

半个西瓜样，口朝上面搁。上头不怕水，下头不怕火。

（打一日常用品） 锅

生在鸡家湾，嫁到竹家滩。向来爱干净，常逛灰家山。

（打一日常用品） 鸡毛掸子

站着百分高，躺着十寸长。裁衣做数学，它会帮你忙。

（打一日常用品） 尺

一只八宝袋，样样都能装。能装棉和纱，能装铁和钢。

（打一日常用品） 针线包

举例

一藤连万家，家家挂只瓜。瓜儿长不大，夜夜会开花。

（打一日常用品）　　　　电灯

你打我不恼，背后有人挑。心中亮堂堂，指明路一条。

（打一日常用品）　　　　灯笼

生来青又黄，好比水一样。把它倒水里，它能浮水上。

（打一日常用品）　　　　油

一颗小红枣，一屋盛不了。只要一开门，枣儿往外跑。

（打一日常用品）　　　　油灯

远看两个零，近看两个零。有人用了行不得，有人不用不得行。

（打一日常用品）　　　　眼镜

对着你的脸，按住你的心。请你通知主人翁，快快开门接客人。

（打一日常用品）　　　　门铃

【词谜】

无可奈何花落去

（打一常用词）　　　　感谢

不要和陌生人说话

（打一常用词）　　　　熟语

烨（打一新兴词语）　　　　中国热

内秀（打一新兴词语）　　　　心灵美

勿上当（打一新兴词语）　　　　非典

新苗茁壮（打一新兴词语）　　　　小康

现代作品（打一新兴词语）　　　　非典

天女散花（打一新兴词语）　　　　高消费

华夏英姿

（打一新兴词语）　　　　中国特色

同光阴赛跑

（打一新兴词语）　　　　与时俱进

思想波动（打一文学名词）　　　　意识流

休得多言（打一文学名词）　　　　歇后语

垂涎三尺（打一文学名词）　　　　顺口溜

一表非凡（打一文学名词）　　　　神话

虚心话（打一文学名词）　　　　七言

加减乘除

（打一文学名词）　　　　构成主义

何谓状元

（打一文学名词）　　　　第一人称

一支香烟

（打一文学名词）　　　　传奇人物

人微言轻（打一文学名词）　　　　小小说

平等待客（打一文学名词）　　　　主人公

龙舟（打一歌曲名）　　　　中国船

丹田（打一歌曲名）　　　　红土地

车谱（打一歌曲名）　　　　四季歌

玩儿房（打一歌曲名）　　　　游戏人间

天涯海角

（打一歌曲名）　　　　在那遥远的地方

老式波音（打一歌曲名）	涛声依旧	鼠年迎春（打一字）	李
四方面军（打一歌曲名）	东西南北兵	不许说大话（打一文化用品）	牛皮封
保持沉默（打一歌曲名）	什么也不说	兔唇（打一京剧名）	三岔口
第一人称（打一歌曲名）	那就是我	守株待兔（打一字）	柳
黄河大合唱（打一歌曲名）	摇篮曲	赤兔（打一字）	驰
新媳妇探亲（打一歌曲名）	回娘家	众说纷纭己卯年（打一食物商标）	大白兔
竹林诸贤堪赞颂（打一歌曲名）	七子之歌	兔年初春色刚浓（打一作家名）	柳青
两对情人互相思（打一歌曲名）	好想好想	骑兵凯旋（打一词牌名）	马头调
醉翁之意不在酒（打一歌曲名）	好山好水好地方	颠鸾倒凤（打一戏剧名）	女驸马
汕头一周游（打一歌曲名）	山不转水转	端午在眉睫（打一成语）	马首是瞻
到了长城放声唱（打一歌曲名）	好汉歌	桃花满径日日开（打一电影名）	马路天使
东南西北皆欲往（打一歌曲名）	走四方	羚羊散（打一字）	令
青龙白虎照秦镜（打一歌曲名）	二泉映月	未及格（打一字）	咩

【生肖谜】

| 测鼠（打一词牌名） | 卜算子 | 黑狗（打一字） | 默 |
| 天各一方话鼠（打一画家名） | 吴道子 | 狗脾气（打一字） | 狄 |

		猪年献词（打一字）	该
		猪年进宝（打一字）	赅
		养猪专业户（打一字）	阆
		八戒过火焰山（打一菜肴名）	红烧猪蹄

【人名谜】

济人急难

举例

谜面	答案	谜面	答案
（打《水浒传》人名一） 单刀赴会	施恩	（打《水浒传》人名一） 再三让贤	顾大嫂
（打《水浒传》人名一） 应声而出	关胜	（打《水浒传》人名一） 给爷爷让座	陆谦
（打《水浒传》人名一） 众芳竞艳	闻达	（打《水浒传》人名一） 木材遭水劫	孙立
（打《水浒传》人名一） 绿化北京	花荣	（打《水浒传》人名一） 社会在发展	林冲
（打《水浒传》人名一） 元前明后	燕青	（打《水浒传》人名一） 不许你发达	史进
（打《水浒传》人名一） 渐渐安定	宋清	（打《水浒传》人名一） 赫赫小英雄	杜兴
（打《水浒传》人名一） 不甘落后	徐宁	（打《水浒传》人名一） 长安一片月	童威
（打《水浒传》人名一） 艳冠群芳	乐进	（打《水浒传》人名一） 学富五车	秦明
（打《水浒传》人名一） 岩纹美丽	王英	（打《水浒传》人物绰号一） 长跑冠军	智多星
（打《水浒传》人名一） 禁止调房	石秀	（打《水浒传》人物绰号一） 此谜已破	神行太保
（打《水浒传》人名一） 红色为上	杜迁	（打《水浒传》人物绰号一） 孤灯如豆	中箭虎
（打《水浒传》人名一） 禾薪入门	朱贵	（打《水浒传》人物绰号一） 僧穿彩衣（打《水浒传》	独火星
（打《水浒传》人名一） 哥哥相亲	柴进	人物绰号一） 金环银环	花和尚

（打《水浒传》人物绰号一）　两头蛇
中华腾飞
（打《水浒传》人物绰号一）　入云龙
才超北斗
（打《水浒传》人物绰号一）　智多星
身轻如燕
（打《水浒传》人物绰号一）　鼓上蚤
秘密部队
（打《水浒传》人物绰号一）　神机军师
斑斓大虫
（打《水浒传》人物绰号一）　锦毛虎
断桥会许仙
（打《水浒传》人物绰号一）　白面郎君
澄江浑如练
（打《水浒传》人物绰号一）　浪里白条
飞将军之子
（打《水浒传》人物绰号一）　小李广
白娘子与小青
（打《水浒传》人物绰号一）　两头蛇
奥运射击冠军
（打《水浒传》人物绰号一）　金枪手
掌握自然规律
（打《水浒传》人物绰号一）　摸着天
笑得前仰后合
（打《水浒传》人物绰号一）　没面目
不寻常的秀才

（打《水浒传》人物绰号一）圣手书生
四面屯粮
（打《三国演义》人名一）　　周仓
天不绝曹
（打《三国演义》人名一）　　魏延
汉朝文书
（打《三国演义》人名一）　　刘表
逐渐繁荣
（打《三国演义》人名一）　　徐盛
一望无际
（打《三国演义》人名一）　　张辽
再三谦让
（打《三国演义》人名一）　　陆逊
轻骑飞跃
（打《三国演义》人名一）　　马超
海空优势
（打《三国演义》人名一）　　陆逊
时已立秋
（打《三国演义》人名一）　　伏完
章句不佳
（打《三国演义》人名一）　　文丑
室内外大清扫
（打《三国演义》人名一）　　普净
文起八代之衰
（打《三国演义》人名一）　　韩当
我欲乘风归去

举例

（打《三国演义》人名一）残局飘零满地金	苏飞	（打《红楼梦》人名一）唐太宗登基	赖大
（打《三国演义》人名一）鸟宿林间不再飞	黄盖	（打《红楼梦》人名一）营业员标兵	李贵
（打《三国演义》人名一）阳关一曲续日弹	关羽	（打《红楼梦》人名一）将在谋不在勇	贾范
（打《三国演义》人名一）事事齐全说汉高	曹操	（打《红楼梦》人名一）数说湖南掌故	智能
（打《三国演义》人名一）蚊子停在眼睛上	刘备	（打《红楼梦》人名一）少年不识愁滋味	史湘云
（打《三国演义》人名一）八骏日行三万里	张飞	（打《红楼梦》人名一）女孩男孩一个样	焦大
（打《三国演义》人名一）唐太宗作帝范篇	马良	（打《红楼梦》人名一）借问酒家何处有	平儿
（打《三国演义》人名一）登泰山而小天下	李典	（打《红楼梦》人名一）钦差大臣满天飞	探春
（打《三国演义》人名一）先天下之忧而忧	高览	（打《红楼梦》人名一）莫等闲白了少年头	多官儿
（打《三国演义》人名一）菊花分外香	甘后	（打《红楼梦》人名一）西山比武	惜春
（打《红楼梦》人名一）衔泥筑新居	秋芳	（打《西游记》人物一）陈桥兵变令人疑	银角
（打《红楼梦》人名一）三八多面手	春燕	（打《西游记》人物一）醒后得知一场梦	黄袍怪
（打《红楼梦》人名一）父故兄为长	巧姐	（打《西游记》人物一）七色光下无假象	孙悟空

（打《西游记》人物一）　　紫阳真人

【中草药谜】

满盘棋（打一中草药名）　　无漏子

拦水坝（打一中草药名）　　川断

不知道（打一中草药名）　　生地

讲故事（打一中草药名）　　向前

起宏图（打一中草药名）　　远志

红袋子（打一中草药名）　　赤包

偷梁换柱（打一中草药名）　木贼

百岁老人（打一中草药名）　白头翁

肤浅之谈（打一中草药名）　陈皮

忠诚老实（打一中草药名）　厚朴

绿色长城（打一中草药名）　防风

滔滔不绝（打一中草药名）　长流水

五月既望（打一中草药名）　半夏

落英缤纷（打一中草药名）　降香

依人篱下（打一中草药名）　寄生

九九归一（打一中草药名）　百合

畅行无阻（打一中草药名）　路路通

稀世珍宝（打一中草药名）　金不换

小人禁用（打一中草药名）　使君子

终年滴水（打一中草药名）　石见穿

后继无人（打一中草药名）　续断

绿林好汉（打一中草药名）　草蔻

丢盔弃甲（打一中草药名）　败酱

杜鹃啼血（打一中草药名）　红花

剪纸制作的鲤鱼灯

连接各户（打一中草药名）　贯众

穿林而过（打--中草药名）　木通

九死一生（打一中草药名）　独活

金钿遍野（打一中草药名）　地黄

三九时节（打一中草药名）　天冬

难以称呼（打一中草药名）　无名子

返老还童（打一中草药名）　老来少

三省吾身（打一中草药名）　防己

造极摩天（打一中草药名）　千层塔

天女散花（打一中草药名）　降香

大开绿灯（打一中草药名）　路路通

道旁栽草（打一中草药名）　路边青

古城姐妹（打一中草药名）　金银花

举例

海棠春睡（打一中草药名）	安息香	妇女节前夕（打一中草药名）	三七
久别重逢（打一中草药名）	一见喜	决心扎根边疆（打一中草药名）	远志
儿行母忧（打一中草药名）	相思子	第四季度经费（打一中草药名）	款冬花
快快松绑（打一中草药名）	急解索	春前秋后正寒时（打一中草药名）	天冬
雷电之后（打一中草药名）	阴阳水	一江春水向东流	
两个少女（打一中草药名）	二妙散	（打一中草药名）	通大海
恍然大悟（打一中草药名）	脑立清	严寒时节郁葱葱	
香山秋艳（打一中草药名）	一片丹	（打一中草药名）	冬青
老蚌生珠（打一中草药名）	附子	踏花归来蝶绕膝	
老谋深算（打一中草药名）	苍术	（打一中草药名）	香附
岭上开花（打一中草药名）	山香	两横一竖打一字	
不欢而去（打一中草药名）	失笑散	（打一中草药名）	射干
重新制作（打一中草药名）	再造丸	两字相乘二十一	
红十字会（打一中草药名）	九一丹	（打一中草药名）	三七
分兵出发（打一中草药名）	行军散	莫让年华付水流	
威风扫地（打一中草药名）	虎力散	（打一中草药名）	青春宝
敲山震虎（打一中草药名）	驱风散	防暑降温见成效	
鲛人挥泪（打一中草药名）	珍珠散	（打一中草药名）	抗炎灵
今日秋尽（打一中草药名）	明天冬	万象更新百花红	
峨眉第一峰（打一中草药名）	穿山甲	（打一中草药名）	回春丹
儿童节发假（打一中草药名）	六一散	难过皆因负担重	
他乡遇故知（打一中草药名）	一见喜	（打一中草药名）	薄荷通
春游芳草地（打一中草药名）	步步清	梅须自逊三分白	
十人九死焉（打一中草药名）	独活	（打一中草药名）	雪里开
不生第二胎（打一中草药名）	杜仲	虚有其表要不得	
低头思故乡（打一中草药名）	怀熟地	（打一中草药名）	云实

猜谜更使人生慧

（打一中草药名）　　　益智

湖光水影接秋色

（打一中草药名）　　　胡黄连

寒凝大地发春华

（打一中草药名）　　　冰凉花

窗前江水泛春色

（打一中草药名）　　　空青

零落成泥碾作尘

（打一中草药名）　　　沉香粉

子规啼尽杜鹃红

（打一中草药名）　　　血竭花

陕西凤翔的童玩灯

后 记

中国，有着久远的历史和深厚的文化，是文化传承和艺术创新有机结合的和谐体。而中国丰富多彩的民间艺术，就像是这块神奇热土上绽放的一朵朵花。它的清香轻拂过每个中华儿女的心窝，它的韵味涤荡过每个中华儿女的情怀。编撰《中国传统民俗》系列读本，正是想再一次亲近这些民间艺术，再一次唤起广大群众对这些珍贵遗产的关注与重视。

本书是《中国传统民俗》系列读本的第二本《民间节庆灯谜》读本。全书从具有浓郁中国式狂欢的元宵闹花灯讲起，追溯了闹花灯的历史，历数了各式各样的花灯，由此引出了极具中华民族智慧与情怀的中华灯谜，让广大读者在灯谜的海洋中畅快享受它的趣味与神秘。由此一来，本书就是一本集观赏性、实用性于一体中华灯谜手册了。

本书的编撰由长沙市群众艺术馆的有关同志承担，左汉中老师指导并作代序。全书图片及文字部分的编选由马芳和肖丽负责，并由谢颖工作室设计。同时还要特别感谢书中采用了《民间灯彩》、《楚风楚辞》、《中国玩具艺术史》的作者们提供了大量精彩的图片资料，正是他们资料的支撑使本书内容更加丰富多彩。

本书的完成还得到了长沙市群众艺术馆、湖南美术出版社有关专家、编辑的关心和指导，谨在此一并致以衷心的感谢！

编 者

2012年10月26日